GW00370648

TEOGONÍA
TRABAJOS Y DÍAS
ESCUDO
CERTAMEN

Biblioteca temática

HESIODO

TEOGONÍA
TRABAJOS Y DÍAS
ESCUDO
CERTAMEN

INTRODUCCIÓN, TRADUCCIÓN Y NOTAS
DE ADELAIDA MARTÍN SÁNCHEZ
Y MARÍA ÁNGELES MARTÍN SÁNCHEZ

El libro de bolsillo
Clásicos de Grecia y Roma
Alianza Editorial

Primera edición en «El Libro de Bolsillo»: 1986
Séptima reimpresión: 1998
Primera edición en «Biblioteca temática»: 2000
Quinta reimpresión: 2008

Diseño de cubierta: Alianza Editorial
Proyecto de colección: Rafael Sañudo
Ilustración: Rafael Sañudo

© Alianza Editorial, S. A., Madrid, 1986, 1990, 1993, 1994, 1995, 1996,
 1997, 1998, 2000, 2001, 2003, 2005, 2007, 2008
 Calle Juan Ignacio Luca de Tena, 15;
 28027 Madrid; teléfono 91 393 88 88
 www.alianzaeditorial.es
 ISBN: 978-84-206-3686-3
 Depósito legal: M. 7.937-2008
 Compuesto e impreso en Fernández Ciudad, S. L.
 Coto de Doñana, 10. 28320 Pinto (Madrid)
 Printed in Spain

SI QUIERE RECIBIR INFORMACIÓN PERIÓDICA SOBRE LAS NOVEDADES DE
ALIANZA EDITORIAL, ENVÍE UN CORREO ELECTRÓNICO A LA DIRECCIÓN:

alianzaeditorial@anaya.es

INTRODUCCIÓN

1. Vida y época de Hesiodo

Frente a la absoluta oscuridad que rodea todo lo referente a Homero, encontramos en la obra de Hesiodo algunas informaciones sobre su propia vida.

Su padre, descendiente posiblemente de un grupo de eolios que emigró desde Tesalia en torno al año 1000 a.C. y se estableció en Cime, en Asia Menor, se dedicó en principio al comercio en aquellas tierras, pero regresó después a Grecia continental para trabajar, como agricultor y ganadero, en la mísera aldea de Ascra, probablemente movido por su espíritu comercial, al ser este lugar un centro de culto con festivales periódicos en honor de las Musas del Helicón.

En esta tierra realizó Hesiodo sus labores campesinas, a la vez que ejerció como aedo desde el día en que se le aparecieron las musas y le encomendaron esa misión, de la que informan, por ejemplo, Pausanias y la Antología Palatina.

Frente a la actividad marinera de su padre, el poeta sólo surcó el mar para participar en los juegos fúnebres en honor de Anfidamante, en Calcis, donde venció, según la leyenda, a Homero y obtuvo, como premio, un trípode que ofreció a las Musas del Helicón.

Al morir su padre, el reparto de la herencia le originó un conflicto con su hermano Perses. Esta amarga experiencia le indujo a componer sus *Trabajos y días (Tr.)* para proclamar el trabajo y la justicia como elementos básicos de la vida de los hombres.

Respecto a su muerte, una leyenda recogida por varios autores (Pausanias, Plutarco, Tucídides...), y que aparece en el *Certamen* (225 ss.), cuenta que después de la competición con Homero, Hesiodo se estableció en Énoe, porque un oráculo le había advertido que evitara el Nemeo y él interpretó que se refería al del Peloponeso. En Énoe sedujo a la hija de su anfitrión y, para castigarlo, los hermanos de la joven lo llevaron cerca de un lugar llamado Nemeo, lo mataron y arrojaron su cuerpo al mar, pero unos delfines lo devolvieron a tierra el día en que los locrios iban a celebrar las fiestas de las *Rhia*. Ante tal prodigio, los locrios enterraron su cuerpo con todo tipo de honores cerca de Nemeo y los asesinos, aunque intentaron escapar, fueron descubiertos y castigados.

La cronología de Hesiodo ya era problemática para los escritores griegos, por lo que, ante esa carencia de testimonios seguros, la mayoría de los investigadores fijaron como época del poeta la segunda mitad del siglo VIII a.C. y primera mitad del VII a.C. a partir de diversos elementos: la comparación con Homero, su participación en los juegos de Anfidamante, los versos de Semónides de Amorgos, inspirados en *Tr.* 702-703 (cf. nota 51 de *Teogonía*).

En esta época, conocida como «época arcaica», el estado aristocrático se ha consolidado con una organización política en la que las magistraturas están reservadas a los nobles, el consejo está formado por exarcontes y en la asamblea sólo pueden participar los ciudadanos propietarios. En esta situación, mientras que el individuo no propietario no forma parte de la asamblea, el que lo es se siente fuerte e intenta afirmarse frente al poder estatal, tratando de conseguir mayores honores y prerrogativas. Pero la mayor novedad está, probablemente, en la organización social, en la que la polis va sucediendo a una organización de tipo gentilicio surgida como autodefensa ante la inseguridad producida al hundirse el imperio micénico. Frente a la ciudad-palacio de la Grecia micénica y la ciudad morada noble que la sustituye, la polis engloba a la población urbana y al campesino con igualdad de derechos y deberes. Inspirada en la idea de *isonomía*, poder y autoridad se encuentran depositados en el centro, en el ágora. La cultura, gracias a la escritura, está al alcance de todos y, de igual modo, las leyes sólo son válidas si sirven para conseguir la concordia social e igualdad de los ciudadanos. Cuando hay disensiones, el rey, o la comisión de nobles dotados de autoridad, debe pronunciar su *themisté* (opinión sobre lo que es justo). La multitud de espectadores sigue el proceso, apoyando con gritos al que quiere favorecer, para que, de ese modo, el rey conozca la opinión del pueblo y la interprete como la voluntad de Zeus. Éste castigará, si es mala, al pueblo con pestes. Así la justicia está en manos de los reyes, pero al actuar implican a todos los miembros de la polis.

En una comunidad, una polis, como Tespias, centro principal de Beocia, a cinco kilómetros de Ascra, gobernada por nobles, a los que él llama reyes, vive Hesiodo, pero el poeta no habla de leyes porque Grecia está saliendo aún del analfabetismo y no hay aún leyes escritas sino *nomoi*, costumbres fijas en las que se basan los «jueces» para dar sus *themistés*. De ahí la insistencia de Hesiodo en que no debe dominar el derecho del fuerte, ilustrado con la fábula del halcón y el ruiseñor *(Tr. 202, 276)*, pues lo que diferencia al hombre de los animales es el sentimiento de *dike* (justicia), emparentado con *aidós* (respeto).

Con el surgimiento de la polis, sucumbe el prototipo heroico de «ser el mejor en la lucha y en el ágora» y aparecen nuevas técnicas y tácticas basadas en el nuevo ejército de hoplitas. Por ello, la aristocracia noble promueve un nuevo ideal para destacarse del resto: la *kalokagathia*, armonía física y calidad moral, que se consigue a través de *symposia*, palestra, etc., a los que podrán acudir quienes dispongan del tiempo libre necesario. De este modo el deporte deja de ser un complemento de los juegos fúnebres y se convierte en elemento distintivo entre aristócratas y plebeyos, como puede apreciarse en los primeros juegos olímpicos (776 a.C.).

Sin embargo, frente a éstos, se levanta la voz de Alceo que canta al dinero y, sobre todo, la de Hesiodo en defensa del trabajo como camino para llegar a la meta que es la justicia. Para el poeta, el hombre debe someterse a la dura ley que gobierna su relación con los dioses, puesto que el trabajo es muy apreciado por ellos (*Tr.* 309). De ahí que, a partir de este momento, se propongan dos concepciones antinómicas del trabajo: la que lo considera esencia misma del hombre (sociedad industrial y rural) y la que lo tiene por abyecto y propio de esclavos (aristocracia).

2. La patria de Hesiodo: Beocia[1]

Situada en el centro de Grecia, tiene como principales vías de comunicación, hacia el norte: el valle del Cefiso; hacia el Ática: el Citerón y Partenio, y hacia Calcis: el estrecho del Euripo, por el que debió llegar el alfabeto, ya que sus contactos con Oriente eran frecuentes, de modo que se piensa que Al-Mina (base comercial en la costa siria, en la desembocadura del Orontes) fuera fundación suya y por ella entraran los elementos orientales que refleja la obra de Hesiodo.

La caída del imperio micénico no afecta a la población de Beocia, sino que sus habitantes se mezclan con los invasores. A finales del segundo milenio, algunos grupos emigran en busca de mejores condiciones de vida y se establecen en Cime, en la costa de Asia Menor. Las antiguas fortalezas micénicas se convierten, en gran parte, en sede de los nuevos señores y en torno a ellas se establecen algunos núcleos de población, pero la mayor parte viven dispersos por el campo. En época de paz, la aristocracia se manifiesta en la actividad judicial, dirimiendo pleitos, con lo que aumenta el poder frente al campesino, que va siendo cada vez más pobre por el retraso técnico y la superpoblación. El paisano de Hesíodo es un pequeño propietario, un hombre que posee un mínimo (*Tr.* 405): una casa, una mujer y un buey de labranza, por lo que, si no saca lo suficiente, está condenado a recurrir a los servicios de sus vecinos. Su carácter agrícola se ve reflejado en las espigas de sus monedas y en lo vivo que permanece el culto a Deméter y Dioniso.

Sin embargo, el mayor problema en toda su historia parece que fue el de las luchas internas, pues, en teoría, había existido desde los tiempos primitivos una liga beocia, pero el deseo de Tebas de ocupar una posición predominante en la misma y la oposición de Orcómeno habían impedido que se comportara como tal y así puede verse reflejado en las monedas beocias. En época de Hesíodo no es particularmente próspera, pero tampoco es tan pobre como el Ática de Solón, de ahí que no necesite conquistas ni colonización. No obstante, el descontento por los medios de vida con que contaban asalariados y campesinos se generaliza y hace que se levanten voces como la de Hesíodo. No se establece la tiranía, propia de centros con economía de mercado, no de regiones agrícolas a las que llega con enorme retraso la conciencia de sus derechos civiles y de su poder político. El régimen oligárquico estaba muy enraizado y se había cuidado de establecer las oportunas medidas para que las pequeñas propiedades no sufrieran ulteriores amenazas. De este modo la única revolución posible era de tipo religioso y se llevó a cabo después de Hesíodo a través de Dioniso y el orfismo.

El poder y la cultura en época de Hesíodo están en manos de los nobles terratenientes. A los campesinos les queda una considerable independencia espiritual y jurídica: se reúnen cada día en el mercado y discuten sus asuntos privados y públicos. Para M. Detienne[2], el poema de Hesíodo pudo ser escrito para ser recitado en este tipo de reuniones, teniendo presente que lo que serían reivindicaciones sociales en Hesíodo eran más bien exigencias religiosas por ser la agricultura una actividad esencialmente religiosa.

3. Obra de Hesiodo

La poesía didáctica

Si bien la propia *Odisea,* con su canto al *lógos,* muestra un cambio respecto al ideal heroico de la *Ilíada,* es, sin embargo, la obra de Hesiodo la primera que manifiesta palpablemente una nueva situación, al defender como elementos básicos de la convivencia «el trabajo y la justicia», aunque utilice para su canto casi los mismos elementos formales que su predecesor Homero. En su deseo de evitar que se produzca con excesiva violencia la ruptura que se está fraguando en la sociedad de su tiempo, el poeta crea este nuevo género que no busca ya cantar glorias de héroes en la guerra, sino enseñar los elementos básicos para la paz.

Ahora bien, la similitud formal de las obras de ambos poetas hace pensar en que, aunque su actividad sea independiente, los dos recogen una tradición que se remonta a la Koiné cultural de la última época micénica, que evoluciona de diferente modo en Beocia y en Jonia a lo largo de la época oscura. Por otra parte, aparecen en Hesiodo signos de una tradición oral independiente de Homero, por ejemplo, en las genealogías y mitos cosmológicos, que apuntan a influjos orientales. El profesor Fernández Delgado[3] indica cómo se ha estudiado la posible existencia de una poesía de diferente signo o «géneros» distintos del homérico, destinados a otro tipo de público. A ella pertenecerían obras como la de Hesiodo o los himnos homéricos destinados posiblemente a una celebración religiosa. Si bien no se ha hecho un estudio a fondo de la posible dicción formular de este tipo de poesía, sin embargo se ha puesto de relieve la presencia de rasgos tradicionalmente inherentes a la expresión de la poesía gnómica. Los datos manejados ofrecen, según el profesor Fernández Delgado, coincidencias muy interesantes en relación con una posible tradición de poesía oral continental (no homérica) que abarcaría la poesía beocia (o hesiódica), los himnos homéricos y la poesía oracular. A modo de ejemplo, cita la enorme frecuencia de la palabra *aner* en *Trabajos y días,* que se debería a que la poesía gnómica, más que cualquier otra, es creación del hombre y para el hombre.

Homero y Hesiodo

Aunque el metro y la lengua poética estén muy próximos, sus universos son totalmente opuestos. La obra homérica refleja el mundo de los nobles y su cultura, ensalzando al héroe que combate del modo más valiente en la guerra en busca de la gloria. Hesiodo, en cambio, pinta la vida campesina de Beocia, valorando el heroísmo de los trabajadores que luchan, tenaz y silenciosamente, con la dura tierra para conseguir algo con que alimentar a su familia (cf. Heródoto VII, 102).

En el propio prólogo de su obra, Hesiodo deja clara su oposición al poeta jónico, al presentarse como depositario de un conocimiento supremo, como discípulo de las musas con la misión de decir la verdad.

En contraste con Homero, que muestra la Grecia épica y colectiva, Hesiodo adopta posturas personalísimas ante los problemas trascendentes que preocupan al hombre: el mundo, la divinidad.

Obras

Los estudiosos de Hesiodo reconocen sólo como auténticas: *Teogonía* (origen del mundo y de los dioses, como hechos que llevan al orden actual del mundo) y *Trabajos y días* (canto al trabajo y consejos sobre el modo de realizarlo).

Junto a ellas hay muchas otras que la tradición ha transmitido ligadas, de algún modo, al poeta beocio. Entre ellas M. L. West[4] destaca:

- *Escudo:* descripción, en 480 versos, de la lucha de Heracles con el bandido Cicno, hijo de Ares.

- *Catálogo de las mujeres:* genealogía humana, continuación de la divina de la *Teogonía.* Consideraciones históricas y lingüísticas llevan a M. L. West a situarlo en el siglo VI.
- *Grandes Eeas:* similar a la anterior.
- *Melampodía:* información sobre diversos adivinos: Melampo, Tiresias, Calcante, Mopso, Anfíloco y, probablemente, más.
- *Bodas de Ceix:* episodio de la vida de Heracles.
- *Egimio:* sobre Ío y sus descendientes, así como Egimio (ayudado por Heracles en su lucha contra los centauros, a su regreso adopta a Hilo, hijo de Heracles, y le da parte del reino).
- *Descenso de Pirítoo:* bajada al Hades, junto con Teseo, para tomar a Persófone por esposa.
- *Preceptos de Quirón:* enseñanzas de Quirón a Aquiles.
- *Astronomía:* ciclos de las principales constelaciones.

P. Vianello[5] hace un análisis de las principales tendencias de los estudiosos de Hesiodo del siglo XX y destaca las siguientes:

1. Descubrir el elemento o la estructura que puede dar un sentido coherente y unitario a la obra: concepción de Zeus y la idea de un progresivo desarrollo del mundo desde un estado originario de desorden y violencia a uno de orden y justicia.
2. Ver la conexión entre la obra de Hesiodo y la producción literaria y mitológica en Grecia y otras culturas relacionadas con ella.
3. Estudiar el lugar de Hesiodo en la poesía oral griega.
4. Dejar clara la relación de Hesiodo con el ambiente social que le rodea.
5. Señalar su influjo en otros autores.

Pensamiento de Hesiodo

Toda su concepción del mundo se apoya sobre bases religiosas. La vida se compone de cosas que deben aceptarse porque así lo disponen los dioses. La voluntad de éstos se puede identificar con la de Zeus, que es el soberano y ocupa la primacía como dispensador de justicia. Junto a él ocupan lugares destacados Deméter y Dioniso, por su relación con el mundo campesino, y Hécate por el alto grado de superstición que rodea a ese mundo rural. Como principio básico, motor de toda actuación, sitúa al Amor, representado por tres entidades:

- *Eros:* principio cosmogónico, concreto, que permite la relación entre las partes del cosmos y entre los dioses.
- *Afrodita:* amor propiamente dicho, fenómeno amoroso en todas sus manifestaciones que está bajo el amparo de la benevolencia divina.
- *Filotes* (afecto): encarnación de la necesidad física y unión sexual.

Gracias a Zeus el mundo es algo ordenado, con tres estamentos íntimamente relacionados entre sí: dioses, naturaleza y hombres, que poseen, todos ellos, los elementos claves para el buen funcionamiento: *eris* (emulación), *areté* (virtud) y *aidós* (respeto), pero, sin embargo, también tienen junto a estos bienes algunos males, entre los que destaca el ocio, que es el mayor delito social, por lo que, cuando éste perturba el orden, debe actuar Zeus, garante de la justicia, y restablecer el equilibrio.

Esa lucha constante por la justicia y esa profesión de fe en ella como remedio de todas las desgracias constituyen quizá la mayor novedad de Hesíodo frente a Homero. Abre, pues, el poeta beocio una tradición que continuarán, entre otros, Solón, Esquilo y los filósofos posteriores.

Como ejemplo de ese triunfo de Zeus sobre la rebelión y el desorden emplea el poeta, tanto en *Teogonía* (vv. 535-616) como en *Trabajos y días* (vv. 42-105), el mito de Prometeo, cuya importancia, tanto en la literatura griega (Esquilo, Platón, cínicos, Esopo, Babrio, Aristófanes, Luciano...) como en las literaturas posteriores (Bruno, Ronsard, Bacon, Goethe,

Shelley, Leopardi, Camus, Gide, D'Ors...), se puede ver en cualquiera de los trabajos indicados en la nota[6].

4. El poema teogónico de Hesiodo[7]

Aunque al hacer un desarrollo de tipo asociativo abundan las digresiones y se pierde, a su vez, la idea de unidad, sin embargo el conjunto se ordena en torno a una sucesión de divinidades, marcada por la violencia y que acaba en el triunfo final de Zeus, que instaura un reino nuevo, con lo que se ve la originalidad de Hesiodo en ese esfuerzo por introducir en la herencia mítica un cierto orden moral, resaltando el triunfo de Zeus.

En torno a ese núcleo se elabora el resto de la obra a base de:

a) *Mitos:* Prometeo, destronamiento de Urano y Crono, castración de Urano, Tifón, etc., que presentan gran similitud con los de otras literaturas.

b) *Genealogías* que tratan de explicar las relaciones entre las distintas clases de seres a los que Hesiodo llama «dioses» y que M. L. West en su introducción a la *Teogonía* de este poeta (cf. bibliografía *infra)* agrupa del modo siguiente:

1. *Dioses del culto:* Zeus, Apolo, Ártemis, Anfítrite, Hécate, Prometeo.
2. *Dioses de mitología:* Tetis, Febo, Coto, Giges, Hespérides, Fix, Tifeo, Atlas, Epimeteo.
3. *No conocidos en mito ni en culto:* Taumante, Ceto, Astreo, Perses, etc. Algunos deben de ser invención de Hesiodo o sus predecesores con esta finalidad.
4. *Miembros individuales o gremios divinos:* Ninfas, Nereidas, Horas, Gracias, Cíclopes, Musas, Moiras, Erinias.
5. *Elementos del mundo visible:* Urano, Ponto, Éter, Nyx, Montañas, Estrellas, Ríos...
6. *Abstracciones:* muerte, sueño, victoria, etc., que en épocas de Hesiodo no deben entenderse como tales abstrac-

ciones, sino como seres invisibles, imperecederos, con
gran influencia sobre los asuntos humanos.

Elementos primordiales de la sucesión son: *Tierra,* soporte
de los demás seres; *Caos,* donde ella yace, y *Eros,* motor crea-
dor. Éstos son también los tres elementos esenciales de una
doctrina racional del devenir: Caos (espacio vacío), tierra y
cielo (fundamento y cubierta del mundo) y Eros (fuerza origi-
naria, animadora y creadora del cosmos).

Como la tierra es sólida y visible, de ella proceden todas las
partes del mundo que tienen esas características (cielo, mar,
montañas, estrellas), junto con los dioses del culto. Del Caos,
en cambio, como es oscuro e intangible, surgen Érebo, Noche
y casi todas las abstracciones. De este modo se pueden ver tres
árboles genealógicos: el de la Noche, el de Urano-Gea y el de
Mar-Gea, hasta llegar a los dioses jóvenes cuya genealogía está
predeterminada por unos mitos firmemente establecidos.
M. L. West ejemplifica, mediante el siguiente análisis de la progenie de la *Noche,* los diferentes tipos de lógica que han influi-
do en la composición de las genealogías:

1. Es madre del día porque el día sale de la noche (cf. argu-
   mento de contrarios del *Fedón* platónico).
2. Es madre de la muerte porque las dos son de naturaleza similar.
3. Es madre del sueño (dormir) porque éste es hermano de la
   muerte y se practica de noche.
4. Es madre de los sueños (soñar) porque se producen de
   noche.
5. Es madre de Dolor, Némesis y Contienda porque son oscuras.
6. Es madre de las Hespérides porque viven, como ella, al oeste.
7. Es madre de las Moiras y Keres por su afinidad con la
   muerte.
8. Es madre de Engaño y de Sexo porque se practican de noche.

En la transición de dioses a mortales se producen varias combinaciones: padres e hijos divinos, madre mortal (vv. 940-44); padres divinos, hijos mortales (945-62); madres e hijos divinos, padre mortal (969-74); madre divina, padre e hijos mortales (975-1018); padre divino, madre e hijos mortales (catálogo).

Conclusión

Dada la semejanza de los mitos hesiódicos con los fenicios, babilonios, hurritas e hititas, parece claro que Hesiodo recoge tradiciones antiquísimas comunes a todas esas culturas. Estos relatos pudieron, pues, llegarle bien por medio de los fenicios, cuyo comercio es constante con los griegos, sobre todo con Eubea, a través de Al-Mina, bien gracias a las colonias griegas de Asia Menor en las que su padre había habitado, o, incluso, existe la posibilidad de que la tradición se remonte más lejos, a una época prehelénica, y se haya conservado en Beocia, región que mantiene una enorme tradición catalógica.

De las versiones orientales la babilonia parece la más antigua y la más original. Es un reflejo de la historia nacional: el ascenso de Marduk como rey de los dioses se corresponde con el de Babilonia como capital de Mesopotamia (comienzos del segundo milenio). El mito hurrita deriva de Mesopotamia y los fenicios y griegos tienen ciertos elementos comunes con los hurritas que están ausentes de los babilonios. En consecuencia, las concepciones religiosas de Hesiodo se pueden considerar como un producto natural del encuentro de civilizaciones distintas en el área del Egeo; tradiciones indoeuropeas, tradiciones prehelénicas; civilización de Creta minoica, influida por contactos con Egipto; creencias de los macedonios, tracios e ilirios; tradiciones de las otras culturas.

5. Trabajos y días

Muchos y variados han sido los comentarios sobre la autenticidad del poema de Hesiodo.

La crítica de finales del siglo XVIII (Wolf, Wilamowitz, entre otros) y del XIX (Scheman, Kirchoff) consideró el poema como una caótica unión de elementos diversos, sin orden ni ilación, basándose en que no existe un orden sistemático de exposición, sino que se repiten los temas en diferentes lugares.

Es difícil ver la conexión entre partes próximas, pues asuntos importantes se interrumpen para contar cosas al parecer sin importancia.

El siglo XX trae nuevas perspectivas, con nuevos criterios de métodos e interpretación, y Mazon, Van Groningen, Verdenius, Walcot, Nicolai, Schwabl y West insisten en su unidad, pues, al igual que los poemas homéricos, se trata de poesía destinada a ser recitada.

Su estructura es, pues, similar a la de esta poesía: una serie de secuencias o temas diversos que se van encadenando y desarrollando uno tras otro en torno a aquello que a lo largo del poema puede considerarse tema central o general de la obra: justicia y trabajo. Así una estela (IG VII, 4240) votiva encontrada en Hagia Triada en el año 188, fechada en el siglo III a.C., representa a Helicón pronunciando el siguiente oráculo: «A los mortales que obedecen las normas de Hesíodo, eunomía y país rico en frutos». Este doble beneficio se corresponde al doble tema en la obra.

El poeta elige un tema dentro del campo de la leyenda, decide en qué punto va a tomarlo y cómo va a seguirlo y, una vez que tiene trazada la estructura y las ideas a seguir, puede extenderse, abreviar, divagar, volver al sendero inicial.

Así en este poema el poeta decide dar una serie de consejos a su hermano Perses; para ello comienza el relato con una invocación a las Musas; a partir de ella, por los términos en que se dirige a Zeus, podemos ver que justicia y reyes están en su mente, así como una exhortación al trabajo; nada de este proemio indica que vaya a tratar de la agricultura o de la navegación.

A partir del proemio va haciendo surgir una cadena de argumentos que le conducen a la exaltación de la justicia y el trabajo. Trazado el programa se permite una serie de digresiones, pero siempre vuelve al tema.

Así, para desarrollar aquello que ha indicado a Perses sobre el trabajo, se sirve de un mito con el que indica cómo por voluntad de Zeus desapareció la primitiva vida en la que el hombre no tenía que trabajar. Cuando termina éste, introduce otro para explicar la degradación de la vida desde el paraíso original hasta la época en que él vive. A partir de ese mito plantea el tema de *dike/hybris* y se dirige a los reyes con una fábula que sin duda tenía en su mente desde el comienzo.

Sigue el tema de la justicia, con la ciudad justa e injusta, y, cuando lo cree agotado, vuelve al del trabajo con el tema de los senderos, pero, para terminar éste, decide alargar el poema presentando a Perses como granjero al que enseña el calendario que empieza y termina con el ciclo del cereal. Concluido éste, sigue el calendario de la navegación y una serie de preceptos sociales. De este modo encaja una serie de digresiones formando un todo.

Al final, desde el verso 765, hay una nueva parte sobre los días en la que presenta un cómputo del calendario con un triple esquema, de acuerdo con el calendario lunar: *a)* sucesión de números ordenados del 1 al 30; *b)* división del mes en dos mitades; *c)* división del mes en tres décadas. En esta distribución el autor se limita a indicar lo favorable o desfavorable en cada día sin asignarlo a un mes determinado.

6. Escudo

Para Aristófanes de Bizancio es una obra de un aedo que pretende rivalizar con la descripción homérica del escudo de Aquiles, a la vez que intenta celebrar el santuario de Apolo Pagaseo y recordar una tradición local relativa a la fiesta del dios. Toma esta leyenda por ser la única en que Heracles combate con armadura completa de guerrero épico y no con la maza, como es habitual en él.

El examen del texto manifiesta claramente la diferencia de estilo entre los 56 primeros versos tomados de las *Eeas* de Hesíodo y el resto, que es una de las múltiples muestras del «perpetuo devenir de los poemas épicos griegos».

Su composición debe fecharse entre 590 y 560 a.C., pues la fama del templo de Apolo data del fin de la Guerra Sagrada (596) y del establecimiento en Feras de unos príncipes poderosos. Por otra parte, en el vaso François aparecen los nombres de los centauros y lapitas tomados de este poema, con el error de interpretar como nombre uno de los epítetos.

La patria del autor debe ser Tebas, porque celebra a un héroe tebano y porque la ciudad representada en el escudo recuerda la imagen de la ciudad de las siete puertas.

7. Certamen

Su forma actual es no muy posterior a la muerte de Adriano (siglo II d.C.), al que menciona, pero parece que esta versión se basa en una anterior del sofista Alcidamante (400 a.C.), a la que se ha unido abundante material sobre la vida de Homero, extraído, probablemente, de las mismas fuentes que manejó Heródoto para su información sobre el poeta.

Por otra parte, el que Aristófanes en *La Paz* (vv. 1282-83 y 1286-87), representada en 421 a.C., cite versos de este relato indica que Alcidamante no hace sino recoger una tradición más antigua. Es muy probable que se trate de uno de los típicos ejercicios escolares de enfrentamiento retórico que tomó como base el pasaje de *Trabajos*, 656-659.

Con finalidad didáctico-moralizadora, intenta demostrar, mediante un enfrentamiento entre la poesía épica de Homero y la didáctica de Hesíodo, la superioridad de esta última por cantar los trabajos pacíficos de los hombres.

ADELAIDA MARTÍN SÁNCHEZ
MARÍA ÁNGELES MARTÍN SÁNCHEZ

Notas

1. Para mayor información, cf. Roberts, W. R.: *The Ancient Beotians and the Coinage of Beotia*, Chicago, Ares, 1974, y Vian, F.: *Les origines de Thebes, Cadmos et les Spartes*, París, Klincksieck, 1963.

2. Detienne, M.: *Crise agraire et attitude religieuse chez Hesiode*, Bruselas, 1963.

3. Fernández Delgado, J. A.: *La poesía gnómica griega, una forma de expresión de la antigua poesía de composición oral*, Salamanca, 1976.

4. West, M. L.: «La formación cultural de la polis y de la poesía de Hesiodo», tomo I, cap. III-2, de *Historia y civilización de los griegos*, dirigida por B. Bandinelli, Barcelona, Icaria, 1978.

5. Vianello de Córdoba, P.: *Hesiodo, Teogonía*, México, UNAM, 1978.

6. Duchemin, J.: *Promethée, Histoire du mythe, de ses origines orientales à ses incarnations modernes*, París, 1979; García Gual, C.: *Prometeo, mito y tragedia*, Ed. Peralta, 1979 (última ed.: Madrid, Hiperión, 1994); Gil, L.: «El cinismo y la remodelación de los arquetipos culturales griegos», *Rev. Universidad Complutense de Madrid*, 1980 (81), pp. 43 ss.; Trousson, R.: *La Thème de Promethée dans la littérature européenne*, Ginebra, Droz, 1964.

7. Puede verse su relación con otras culturas en: Bernabé, A.: *Textos literarios hetitas*, Madrid, Alianza Edit., 1987; Bernárdez, E.: *Textos mitológicos de los Eddas*, Madrid, Edit. Nacional, 1982; Caquot, A., y Sznycer, M.: *Ugaritic Religion*, Leiden, Brill, 1980; Pritchard, J. B.: *Ancient Near Eastern Texts*, Princeton, 1950; Schwabl, H.: *Éléments Orientaux dans la Religion grecque ancienne*, París, 1960.

BIBLIOGRAFÍA

ARRIGHETTI, G.: *Esiodo, Teogonia, introduzione, traduzione e note,* Milán, Rizzoli, 1984.

AUSTIN, M. M., y VIDAL NAQUET, P.: *Economic and Social History of Ancient Greece,* Londres, B. T. Bastford Ltd., 1977.

BONA QUAGLIA, L.: *Gli «Erga» di Esiodo,* Turín, G. Giappichelli, 1973.

BURN, A. R.: *The World of Hesiod,* Londres, 1936.

CODINO, F.: *Le Opere e i Giorni* (trad.), Roma, Ed. dell'Elefante, 1977.

COLONNA, A.: *Hesiodi: opera et dies,* Milán, Istituto Editoriale Ciaslpino, 1959.

CORNFORD, F.: *Greek Religious Thought from Homer to the age of Alexander,* Londres, 1950.

EVELYN-WHITE, H. G.: *Hesiod, the Homeric Hymns and Homerica,* Londres, 1950.

FRITZ, K. VON, *et alii:* «Hésiode et son influence, six exposés et discussions», *Entretiens sur l'Antiquité classique VII,* Ginebra, Vandoeuvres, 5-10 septiembre 1960.

GERNET, L.: *Antropología de la Grecia antigua,* Madrid, Taurus, 1981.

GRIMAL, P.: *Diccionario de la Mitología griega y romana,* Barcelona, Paidós, 1982.

HAMILTON, R.: *Hesiod's Theogony,* Bryn Mawr College, 1981.

Heat, M.: «Hesiod's didactic poetry», *The Classical Quarterly,* XXXV, 2, 1985, 245-64.

Hofinger, M.: *Études sur le vocabulaire du Grec archaïque,* Leiden, Brill, 1981.

— «Le logos hésiodique des races. Les Travaux et les Jours, vers. 106-201», *ACL,* 1981, 404-416.

Jaeger, W.: *Paideia,* México, Fondo de Cultura Económica, 1968.

Janko, R.: *Homer, Hesiod and the Hymns,* Cambridge Univ. Press, 1982.

Lattimore, R.: *Hesiod: The Works and Days, Theogony, The Shield of Herakles,* The University of Michigan Press, 1959.

Martínez Díez, A. y A. Pérez Jiménez: *Hesíodo: obras y fragmentos,* Madrid, Gredos, 1978.

Mazon, P.: *Hésiode, Théogonie, Les Travaux et les Jours, Le Bouclier,* París, Les Belles Lettres, 1982.

Nicolai, W.: *Hesiod's Erga,* Heidelberg, 1964.

Pérez Jiménez, A.: *Hesíodo: Teogonía, Trabajos y días,* Barcelona, Bruguera, 1975.

Pertusi, A.: *Scholia vetera in Hesiodi opera et dies,* Milán, 1956.

Ruipérez, M.: «Historia de Themis en Homero», *Emérita,* XXVIII, 1960, 99 ss.

Russo, C. F.: *Scutum: introduzione, testo critico e commento, con traduzione e note,* Florencia, La Nuova Italia, 1950.

Rzach, A.: *Hesiodi Carmina,* Teubner, 1958.

Schwabl, H.: *Hesiod's Theogonie,* Viena, 1966.

Segalá y Estalella, L.: *Hesíodo: la Teogonía,* Barcelona, Teorema, 1986.

Sinclair, T. A.: *Hesiod, Works and Days,* Londres, 1932.

Solmsen, F.: *Hesiodi, Theogonia, Opera et Dies, Scutum,* Oxford, 1984.

— *Hesiod and Aeschylus,* Nueva York, Cornell Univ. Press, 1949.

Struve, V. V.: *Historia de la Antigua Grecia,* Madrid, 1974.

Tebben, J. R.: *Hesiod-Konkordanz. A computer concordance to Hesiod,* Nueva York, 1977.

Verdenius, W. J.: *A Commentary on Hesiod Works and Days,* VV. I-382, Leiden, 1985.

— «L'association des idées comme principe de composition dans

Homère, Hésiode, Théogonie», *Revue des Études Grecques,* LXXIII, 1960, 345-361.

VERNANT, J. P.: *Mito y sociedad en la Grecia antigua,* Madrid, Siglo XXI, 1982.

— *Mito y pensamiento en la Grecia antigua,* Barcelona, 1973.

— *Los orígenes del pensamiento griego,* EUDEBA, 1983.

VIANELLO DE CÓRDOBA, P.: *Hesiodo: los trabajos y los días,* México, UNAM, 1979.

WALCOT, B.: *Hesiod and the Near East,* Cardiff, 1966.

WEST, M. L.: *Hesiod, Works and Days,* Oxford, 1978.

— *Hesiod, Theogony,* Oxford, 1966.

— «Hesiod's Titans», *The Journal of Hellenic Studies,* CV, 1985, 174 ss.

WILAMOWITZ-MOELLENDORF, W. VON: *Hesiodo's Erga,* Berlín, 1962.

TEOGONÍA[1]

ESTRUCTURA

A) 1-115: PROEMIO (A MODO DE SÚPLICA).
            1-36: Presentación de las Musas y dioses a las
                  que ellas celebran *(epíclesis).*
            37-115: Alabanza de las Musas. Invocación.
B) 116-125: COSMOGONÍA.
C) 126-210: PRIMERA GENERACIÓN DE DIOSES: hijos de Gea y
            Urano (126-153); castración de Urano (154-210).
D) 211-239: SEGUNDA GENERACIÓN DE DIOSES. En ella se in-
            cluyen los hijos de la Noche, Eris, Gea y Ponto.
E) 240-616: TERCERA GENERACIÓN DE DIOSES. Abarca: des-
            cendientes de los hijos de Ponto: Nereidas (240-
            64), hijos de Taumante (265-9), hijos de Forcis y
            Ceto (270-336); descendientes de los hijos de Ura-
            no: de Tetis y Océano (337-70); de Tea e Hiperión
            (371-4); de Crío y Euribia (375-88), con digresión
            sobre Estigia (389-403); de Febe y Ceo (404-29),
            seguida de himno a Hécate (429-52); de Crono y
            Rea (453-506), con nacimiento de Zeus; de Jápeto
            y Clímene (507-35), con mito de Prometeo (536-
            616).
F) 617-885: ASCENSO DE ZEUS AL PODER: Titanomaquia (617-
            719); descripción del mundo subterráneo (720-
            819); Tifón: nacimiento; Tifomaquia, hijos de Ti-
            fón (820-85).
G) 886-962: CUARTA GENERACIÓN DE DIOSES, con la consolida-
            ción del poder de Zeus, mediante siete matrimo-
            nios (886-923), y nacimiento de los hijos parteno-
            genéticos (924-9); hijos de Posidón y Ares (930-7);
            otros hijos de Zeus (938-44); otros matrimonios
            divinos (945-62).
H) 963-1018: CATÁLOGO DE HÉROES.
I) 1019-1022: PROEMIO DE CATÁLOGO DE HEROÍNAS.

[PROEMIO]

Comencemos nuestro canto por las Musas[2] Heliconíadas, que habitan la montaña grande y divina del Helicón,
donde en torno a la sombría fuente y al altar del muy
poderoso Cronión con sus delicados pies danzan[3]. Tras 5
haber bañado su suave piel en el Permeso, o en la Hipocrene[4], o en el divino Olmeo, en la cima del Helicón orga-
nizan bellos coros que llenan de placer y sobre sus pies
flotan.

1. *(de la p. 27).* «Origen de los dioses». Este título, como recoge
West en su introducción a esta obra de Hesiodo, no aparece atestiguado hasta Crisipo.
2. Musas del Helicón / del Olimpo / Piérides: se supone que los tracios que habitaban en torno al Olimpo antes de la llegada de los macedonios llevaron el culto de las Musas desde allí al Helicón (cf. *Musas* en Glosario *infra*).
3. La danza en corro está atestiguada como una de las más antiguas
asociada con fuentes y altares. Posiblemente se tratara de un rito de
magia simpática, intentando asegurar el fluir continuo del agua.
4. Así llamada por haber surgido por la patada de un caballo. Más
tarde se dice que el caballo fue Pegaso (cf. Paus. IX, 31, 3).

Desde allí, cubiertas por abundante bruma, de noche,
10 al avanzar, dejan oír su hermosa voz, mientras celebran
a Zeus, portador de la égida[5]; a la venerable Hera Argiva, que con sandalias de oro camina; a Atena, de ojos verdes, hija de Zeus, portadora de la égida; a Febo Apolo; a
15 la flechadora Ártemis; a Posidón, que recorre la tierra sa-
cudiéndola; a la venerable Temis; a Afrodita, de vivos
ojos; a Hebe, coronada de oro; a la bella Dione; a Eos; al
gran Helio; a la brillante Selene; a Letó; a Jápeto; al astuto
20 Crono; a Gea; al espacioso Océano; a la negra noche y al
sagrado linaje de los demás sempiternos inmortales[6].

Éstas precisamente en cierta ocasión enseñaron un bello canto a Hesiodo mientras apacentaba sus corderos al
pie del divino Helicón. He aquí las palabras que en pri-
25 mer lugar me dijeron las diosas, las Musas olímpicas, hijas de Zeus, portador de la égida[7]:

«Pastores rústicos, oprobiosos seres, sólo estómagos,
sabemos decir muchas mentiras semejantes a verdades,
pero sabemos, cuando lo deseamos, cantar verdades».

5. Escudo de piel de cabra (según algunos, la piel de la cabra Amal-
tea), atributo de Zeus y Atena, aunque también la emplean otros
dioses, bordeado de serpientes y con la cabeza de la Gorgona en el
centro, obra de Hefesto (cf. *Il.* XV, 307 ss.).
6. Esta relación de dioses citada por Hesiodo sugiere que no está pensando en el catálogo que va a incluir después, sino en el tradicional:
Zeus-su esposa Hera-sus hijos (Atena, Apolo, Ártemis)-su hermano
Posidón-otra esposa de Zeus, Temis y, asociada a ella, Afrodita, que, a
su vez, sugiere a Hebe y Dione (madre de Afrodita en Homero, *Il.* V,
370), quien hace recordar, por un lado, a Eos, y ésta a Hélio y Selene, y
por otro, lleva a Letó que, como Titánida, conduce a Jápeto y Crono;
éstos, a su vez, llevan a Gea y Océano, y ellos a la primitiva Noche.
7. Sobre esta aparición de las Musas a Hesiodo se han dado distintas
interpretaciones. Para unos se trata de un sueño. Otros la comparan
con las epifanías divinas descritas por los profetas hebreos (cf. p. e. la de
Moisés) y hablan de pura convención literaria, por coincidir casi siempre las mismas situaciones: una montaña, un pastor o un hombre rústi-
co que, de repente, es dotado de elocuencia mediante un símbolo.

Así dijeron las hijas bien habladas del gran Zeus; me ₃₀ dieron un cetro[8] tras haber cortado un admirable retoño de florido laurel[9]; me infundieron una voz divina, para que celebrara lo venidero[10] y lo pasado, y me incitaron a celebrar el linaje de los felices sempiternos y a cantarles a ellas mismas siempre al comienzo y al final. Pero ¿qué me ₃₅ importa lo relativo a una encina o a una roca[11]?

¡Ea, tú!, comencemos por las Musas, que con sus himnos le alegran en el Olimpo el inmenso corazón al padre Zeus, cantando al unísono el presente, el futuro y el pasado. Incansable fluye de sus bocas su agradable palabra; brilla la morada del resonante padre Zeus, al difundirse ₄₀

8. *skeptron:* palabra de la que deriva el español *cetro:* vara, bastón, insignia y símbolo de autoridad que podían llevar quienes desempeñaban funciones otorgadas por la divinidad (reyes, sacerdotes, profetas, rapsodas, etc.), o quienes, por su especial situación, estaban protegidos por los dioses (heraldos, personas que tomaban la palabra en la asamblea, etc.) y merecían el respeto de los demás (eran *aidoioi).*

9. Consagrado a Apolo por ser el árbol en que fue transformada Dafne, ninfa de la que el dios estaba enamorado. Se convierte, de ese modo, en símbolo de la victoria en cuantas artes están bajo la protección de este dios y sus Musas, como el olivo lo es de Zeus y Atena. Por su follaje siempre verde se utiliza también con frecuencia como símbolo de la eternidad o de la inmortalidad (cf. p. e. su uso el Domingo de Ramos).

10. Se indica así la estrecha conexión entre poesía y profecía, pues ninguna de ellas es posible sin alguna forma de revelación divina. Aunque por lo general en Grecia el poeta se concentra más en el pasado y, en cambio, en los hebreos ocupa un lugar prominente la profecía del futuro (cf. Platón, *Rep.* 392d, 617c, *Carm.* 174a, y, sobre todo, *Ión).*

11. Cf. *Il.* XXII, 126. La interpretación de esta expresión resulta difícil. M. L. West hace un detenido estudio sobre las explicaciones que se han dado a la misma: relación con la exposición de niños en lugares solitarios debido a la creencia en un nacimiento a partir de árboles o rocas, referencia a oráculos que utilizan árboles o rocas (Dodona, Delfos, etc.). En todo caso, parece ser un tipo de expresión para indicar que se está perdiendo el tiempo en lugar de entrar en el tema propuesto.

la delicada voz de las diosas. Y retumba la cima del nevado Olimpo junto con las moradas de los inmortales[12].

Ellas, lanzando su inmortal sonido, celebraron con su
canto primeramente[13], desde el comienzo, el venerado li-
45 naje de los dioses, a los que Gea y el amplio Urano engendraron, y a los que nacieron de éstos, los dioses dispensa-
dores de bienes. En segundo lugar a Zeus, padre de
dioses y hombres, tanto al empezar como al terminar su
canto, celebran las diosas, con cuánto es el mejor de los
50 dioses y el más grande por su poder. Finalmente, cantando el linaje de los hombres y de los poderosos Gigantes,
alegran la mente de Zeus dentro del Olimpo las Musas
olímpicas, hijas de Zeus, portador de la égida.

A ellas, como olvido de males y remedio de preocupaciones, las engendró, uniéndose al padre Crónida, Mne-
55 mósine, que reina en las colinas de Eleuter. Con ella nueve noches se unió el prudente Zeus subiendo a su sagrado
lecho, lejos de los inmortales. Cuando ya era el tiempo
debido y las estaciones volvieron, al pasar de los meses, y
se cumplieron muchos días, ésta dio a luz, a poca distan-
60 cia de la cima del nevado Olimpo, nueve muchachas de
disposición semejante, que sólo se ocupan del canto, por
tener en sus pechos un ánimo libre de preocupaciones.
Allí espléndidos coros y hermosas moradas tienen. Jun-
65 to a ellas viven, entre fiestas, las Gracias e Hímero. Con
hechicera voz cantan y celebran las ordenanzas y prudentes costumbres de todos los inmortales.

12. Los dioses tienen sus casas individuales en el Olimpo, donde
han sido construidas por Hefesto (*Il.* I, 607-8, *Il.* XI, 76). La casa de
Zeus ocupa la cima más alta, como el palacio del rey en la ciudad
micénica.
13. De esta manera indica el poeta el orden en que va a desarrollar
los temas de su obra: los dioses desde su comienzo y sus descendientes (vv. 116-617), poder de Zeus (vv. 618-885), género humano (vv.
965-final).

Aquéllas iban entonces al Olimpo, orgullosas de su bella voz, de su inmortal canto. A su alrededor resonaba, al   70
son de sus melodías, la negra tierra, y un agradable fragor surgía de sus pies cuando marchaban junto a su padre. Él en el cielo reina, dueño del trueno y del ignífero
rayo, desde que venció con su poder al padre Crono; distribuyó con perfecta equidad todo entre los inmortales y
fijó sus esferas de influencia.

Eso cantaban, naturalmente, las Musas que ocupaban   75
las moradas olímpicas, las nueve hijas del gran Zeus,
Clío, Euterpe, Talía, Melpómene, Terpsícore, Erato, Polimnia, Urania y Calíope. Ésta es la más destacada de todas, pues acompaña a los venerables reyes.   80

Al que honran las hijas del poderoso Zeus y ven que
desciende de los reyes vástagos de Zeus, le derraman sobre su lengua una dulce gota de miel[14] y suaves palabras
fluyen de su boca, de modo que todos hacia él dirigen su   85
vista cuando interpretan las leyes divinas con rectas sentencias[15]; y él, hablando de un modo firme, resuelve con
rapidez y sabiduría incluso una gran disputa. Por eso, en
efecto, los reyes son sensatos, porque a las gentes que su-
fren ofensas en el ágora fácilmente restituyen, persua-   90

14. Para los hebreos aparece asociada con la verdadera profecía.
Los órficos la consideran símbolo de la sabiduría. Unida a la leche,
era para los antiguos lo más suave y perfecto que había producido la
naturaleza para la alimentación humana, por lo que era el alimento
ideal de la Edad de Oro.
15. *Dike:* veredicto o sentencia que vuelve a enderezar lo torcido. En
época arcaica el rey juzga los crímenes cometidos en el interior de su
grupo. Su jurisdicción es sin apelación y juzga según la *themis,* término
que, en principio, designaba el asiento que ocupaban los reyes en la
asamblea para administrar justicia (cf. M. Ruipérez, art. cit. en Bibl.), y
de ahí pasó a significar el «derecho divino» que esos reyes pueden interpretar gracias a las atribuciones conferidas por Zeus mediante el
báculo, símbolo de potestad. Ellos conocen así las *themistés* y en el juicio tienen que restablecer su alteración mediante las *díkai* (veredictos
que pueden ser rectos o torcidos, según se ajusten o no a las *themistés*).

diéndoles con suaves palabras. Y, cuando sube al tribunal
como un dios, intentan aplacarlo con delicada reverencia
y él destaca entre los reunidos. ¡Tal es el sagrado regalo de
las Musas a los hombres!

95   De las Musas y del flechador Apolo proceden los canto-
res y los citaristas que hay sobre la tierra; de Zeus los reyes.
¡Feliz aquel a quien las Musas aman!: dulce fluye la voz de
su boca. En efecto, si alguien por una desgracia, en su recién dolorido ánimo, se consume afligido en su corazón,

100   tan pronto como un cantor sirviente de las Musas celebra
las hazañas de los antepasados y alaba a los felices dioses
que ocupan el Olimpo, al punto se olvida de sus inquietu-
des y no se acuerda en absoluto de sus preocupaciones.
¡Rápidamente los regalos de los dioses lo hacen cambiar!

¡Salud, hijas de Zeus!, concededme un canto conmo-
105   vedor; celebrad el sagrado linaje de los sempiternos inmortales, los que nacieron de Gea y del estrellado Urano;
los de la oscura Noche y los que crió el Salino Ponto. [De-
cid cómo nacieron al principio los dioses, la tierra, los
ríos, el mar sin límites, que furioso se precipita con su

110   oleaje, los brillantes astros y el amplio cielo en lo alto][16], y
los que de éstos surgieron, los dioses distribuidores de
bienes, cómo se dividieron la riqueza, cómo se distribu-
yeron las esferas de influencia y cómo, por primera vez,
115   ocuparon el sinuoso Olimpo. Contadme esto, Musas que
desde el comienzo habitáis las moradas olímpicas, y de-
cidme lo que hubo antes de ellos.

[COSMOGONÍA]

En primer lugar existió, realmente, el Caos. Luego
Gea, de ancho pecho, sede siempre firme de todos los in-

---

16. Se consignan entre corchetes los pasajes, versos o palabras de
autenticidad discutida. Esta indicación no concierne a los epígrafes
en mayúsculas.

mortales que ocupan la cima del nevado Olimpo; [en lo
más profundo de la tierra de amplios caminos, el som-   120
brío Tártaro], y Eros, el más bello entre los dioses inmortales, desatador de miembros, que en los pechos de todos
los dioses y de todos los hombres su mente y prudente
decisión somete.

Del Caos nacieron Érebo y la negra Noche. De la Noche, a su vez, surgieron Éter y Hémera, a los que engen-   125
dró como fruto de sus amores con Érebo.

[PRIMERA GENERACIÓN DE DIOSES]

Gea primeramente dio a luz al estrellado Urano, semejante a ella misma, para que la protegiera por todas
partes, con el fin de ser así asiento seguro para los felices
dioses. También alumbró a las grandes Montañas, agradables moradas de las Ninfas que habitan los abruptos   130
montes. Asimismo trajo a la luz al estéril mar, de impe-
tuosas olas, el Ponto, sin el deseable amor[17].

Después, acostándose con Urano[18], engendró[19] a
Océano de profundas corrientes, a Ceo, a Crío, a Hipe-

17. Esta frase se aplica a todos los hijos de la tierra (cielo, montañas
y mar). También la Noche tiene hijos por partenogénesis. La base de
la distinción es oscura al no estar el Océano en el mismo grupo. Se
debería quizá a que para la tierra, al menos para empezar, no había
posible esposo y los hijos que tuvo con Urano formarían un grupo
especial conectado con el mito de sucesión, frente a los otros.
18. El matrimonio de Tierra y Cielo es un motivo muy común en
mitología. La lluvia, que fertiliza la tierra y hace que las cosas crezcan, se considera la simiente del Cielo.
19. Los hijos que aparecen a continuación son los que Urano llama
Titanes en 207. Éstos representan una generación de dioses muy vieja, sin apenas actividad en el mundo, pues habitan en el Tártaro (*Te.*
729, *Il.* XIV, 279). Realmente debió de ser un conjunto sin nombres
individuales y de número indefinido, que existía desde el comienzo
como «dioses formadores», o «dioses del mundo subterráneo», en
contraposición con los «dioses del presente y del mundo de arriba».

135 rión, a Jápeto, a Tea, a Rea, a Temis, a Mnemósine, a Febe,
coronada de oro, y a la amable Tetis. Después de éstos nació el más joven, el astuto Crono, el más temible de los hijos, y se llenó de odio hacia su vigoroso padre.

Por otra parte, dio a luz a los Cíclopes de orgulloso pe-
140 cho, a Brontes, a Estéropes y a Arges, de violento ánimo,
que le regalaron a Zeus el trueno y le fabricaron el rayo. Éstos eran semejantes a los dioses en lo demás [pero tenían
un solo ojo en medio de su frente]. La denominación de
145 «Cíclope» se debía a que, efectivamente, en su frente había
un solo ojo circular. El vigor, la fuerza y los recursos presi-
dían sus obras. Además nacieron de Gea y Urano otros tres
hijos enormes y violentos que no se deben nombrar[20],
150 Coto, Briareo, Giges, hijos monstruosos, cien brazos terribles salían de sus hombros, y cincuenta cabezas le habían
nacido de los hombros a cada uno, sobre fuertes miembros.
En su enorme cuerpo inmensa era la poderosa fuerza.

155 Pues bien, cuantos nacieron de Gea y Urano, los más
terribles de los hijos, estaban irritados con su padre desde el comienzo, pues cada vez que iba a nacer uno de éstos, Urano los ocultaba en el seno de Gea, sin dejarlos salir, y se complacía en su mala acción.

La monstruosa Gea en su interior se lamentaba opri-
160 mida y tramó una malvada artimaña. Tras haber creado
al punto una especie de blanco acero[21], fabricó una gran
hoz y explicó el plan a sus hijos. Les habló valerosa pero
afligida en su corazón:

20. La creencia supersticiosa de que la mención de una palabra se
atrae lo que la misma designa hace que se evite la pronunciación de
aquellos términos que indican algo no deseado.
21. Este metal comparte con el hierro el epíteto de «blanco» y la calidad de gran dureza. De él estaban hechos el casco de Heracles y
parte de su escudo (cf. *Esc.* 137, 231). No aparece en Homero, ni es
asequible a los mortales. Por ello, puede ser una palabra acuñada en
un tiempo en que el hierro era conocido sólo por rumor y considerado como metal de los dioses.

«Hijos míos y de orgulloso padre. Si queréis obedecerme, vengaremos el malvado ultraje de vuestro padre, 165 pues él fue el que empezó a maquinar obras indignas».

Así dijo y, como es natural, de todos se apoderó el temor, de modo que ninguno se atrevió a contestar; pero el poderoso Crono, astuto, cobrando ánimo, al punto respondió a su respetable madre: «Madre, te prometo 170 que puedo realizar ese trabajo, puesto que no siento preocupación alguna por nuestro odioso padre, ya que fue el primero en maquinar obras indignas».

De este modo se expresó y la monstruosa Gea mucho se alegró en su mente. Tras ocultarlo, lo colocó para la emboscada; puso en su mano una hoz[22] de agudos dientes y le enseñó todo el engaño. 175

Vino el poderoso Urano trayendo la noche[23] y deseoso de amor se echó sobre Gea y se extendió por todas las partes. Su hijo desde la emboscada lo alcanzó con la mano izquierda, a la vez que con la derecha tomó la monstruosa hoz, larga, de agudos dientes, y a toda 180 prisa segó los genitales de su padre y los arrojó hacia atrás[24].

---

22. El uso de hoces dentadas es habitual en estas funciones, pues así son, p. e. la de Yolao cuando le ayuda a Heracles contra la Hidra; la de Perseo contra Medusa; la de Zeus contra Tifón; la de Hermes contra Argos. Por otro lado, el uso de la hoz implica la similitud con las funciones agrícolas. Así pues, este utensilio, cuyo uso normal es segar los productos de la tierra, sirve para castigar a quien ha contrariado las leyes naturales impidiendo el desarrollo de lo que él mismo había sembrado.

23. La noche, como símbolo de lo triste, lo odiado, es conducida por Urano, frente a su oponente, el día que es llevada normalmente por Zeus (cf. *Od.* XVIII, 137), pues el Sol aún no existe.

24. El que Deucalión y Pirra tuvieran que arrojar «hacia atrás» las piedras de las que nacerían los hombres, y Orfeo no debiera mirar «hacia atrás» antes de llegar a la tierra, hace pensar en que ese gesto implica una creencia mágica. En este caso intentaría que esos órganos se quedaran «atrás» y no causaran problemas en el futuro.

Éstos verdaderamente no en vano escaparon de su mano, pues cuantas gotas de sangre desprendieron, todas las recogió Gea y, transcurrido el tiempo, dio a luz a
185 las poderosas Erinias, a los grandes Gigantes, resplandecientes con el brillo de sus armas, con largas lanzas en sus manos, y a las Ninfas que llaman Melias en la inmensa tierra. Los genitales, por su parte, cuando, tras haberlos cortado con el acero, los arrojó lejos de la tierra firme en
190 el ponto fuertemente batido por las olas, entonces fueron llevados a través del mar durante mucho tiempo; a ambos lados, blanca espuma[25] surgía del inmortal miembro y, en medio de aquélla, una muchacha se formó.

Primeramente navegó hacia la divina Citera; luego, desde allí, se fue a Chipre, rodeada de corrientes. Salió del mar la respetable bella diosa y bajo sus delicados pies
195 a ambos lados la hierba[26] crecía. Afrodita [diosa nacida de la espuma, y Citerea, ceñida de bella corona] suelen llamarla tanto dioses como hombres, porque en medio de la espuma se formó, pero también Citerea, porque a Citera se dirigió. Ciprogénea, porque nació en Chipre
200 bañada por todos los lados [y Filomédea[27], porque de unos genitales salió].

A ella la acompañó Eros y la siguió el bello Hímero al principio, cuando nació, y luego, cuando se fue junto a la tribu de los dioses. Desde el comienzo esta área de influencia tiene y este destino ha alcanzado entre los hom-
205 bres y los dioses inmortales: las intimidades con doncellas, las sonrisas, los engaños, el dulce placer, el afecto y la mansedumbre.

25. El «esperma» de los genitales del dios mutilado.
26. Por tratarse de la diosa del sexo, pues es el símbolo de la fecundidad, de ahí que también sean frecuentes las uniones en campos floridos o que, como se nos dice en *Il*. XIV, 347, durante el coito de Zeus y Hera crezcan la hierba fresca y las flores.
27. *médea*: 'genitales'.

A éstos su padre, el poderoso Urano, solía llamarlos
Titanes[28], injuriando a los hijos que él mismo engendró,
pues acostumbraba a decir que éstos, al intentar vengarse
con insensatez, habían realizado una terrible acción por
la que después obtendrían venganza.

[SEGUNDA GENERACIÓN DE DIOSES]

La Noche engendró al odioso Moro, a la Negra Ker y a
Tánato; también parió a Hipno y dio a luz la tribu de los
Sueños[29]. Después la tenebrosa diosa Noche, sin acostar-
se con nadie, parió a Momo, al doloroso Lamento y a las
Hespérides, a cuyo cuidado están, al otro lado del famoso
Océano, las hermosas manzanas de oro y los árboles que
producen ese fruto.

Asimismo engendró a las Moiras y las Keres, vengado-
ras despiadadas [a Cloto, a Láquesis y Átropo, que a los
mortales les otorgan, al nacer, el bien y el mal] y persi-
guen las faltas tanto de los dioses como de los hombres,
sin cesar nunca de su terrible cólera antes de imponer un
malvado castigo a quien delinque.

También parió a Némesis, azote para los hombres
mortales, la funesta Noche. Después de ésta dio a luz a
Engaño, a Afecto y a la funesta Vejez y engendró a la violenta Eris.

Por su parte, la odiosa Eris dio a luz a la penosa Fatiga,
al Olvido, al Hambre, a los Dolores que hacen llorar, a las

---

28. Hesíodo hace aquí un juego de palabras poniendo en relación el
nombre de los Titanes con el sustantivo *tisis*, 'venganza', por lo que,
si quisiéramos respetar ese juego, tendríamos que decir algo así
como: «llamó *vengados* a éstos porque, al intentar vengarse, habían
realizado una acción terrible, por la que luego obtendrían la venganza».
29. Luciano (en *Historias verdaderas*, II, 34) habla de dos tipos de
Sueños.

Batallas, Luchas, Asesinatos, Masacres de hombres, Ri-
230 ñas, Falsedades, Discursos, Ambigüedades, Mala Ley[30],
Ofuscación, amigos íntimos, y a Horco, el que mayor
desgracia causa a los hombres de la tierra, cuando alguien voluntariamente comete perjurio.

El Ponto engendró al veraz Nereo, el mayor de sus hi-
235 jos, al que llaman el anciano, porque, infalible y bonda-
doso, no le pasan inadvertidas las leyes divinas, sino que
conoce los justos y benévolos designios. Luego, uniéndose a Gea, dio a luz al gran Taumante, al poderoso Forcis, a
Ceto, de hermosas mejillas, y a Euribia, que tiene un ánimo de acero en sus entrañas.

[TERCERA GENERACIÓN DE DIOSES]

240   Numerosas diosas nacieron en el estéril mar de Nereo
y Dóride, de hermosa cabellera, la hija de Océano, río
perfecto[31], Proto, Eucranta, Sao, Anfítrite, Eudora, Tetis,
245 Galena, Glauca, Cimótoa, Espeo, Toa, la amable Halia,
Pasítea, Erato, Eunica, de rosados brazos; la graciosa Mélita, Eulímena, Ágave, Doto, Proto, Ferusa, Dinámena,
250 Nesea, Actea, Protomedea, Dóride, Pánope, la bella Galatea, la amable Hipótoa, Hipónoa, de rosados brazos;
Cimódoca, la que en el brumoso mar con facilidad calma
las olas y los soplos de los tempestuosos vientos, junto
255 con Cimatolega y Anfítrite, de bellos tobillos; Cimo,
Éone, Halimeda, de bella corona; la risueña Glaucónoma, Pontoporea, Leágora, Evágora, Laomedea, Pulínoa,

30. Ambos conceptos tendrán más tarde un gran papel en Solón,
que, en varios aspectos, puede considerarse seguidor de Hesiodo
(cf. Solón, frgs. 1 y 3).
31. El círculo se considera símbolo de perfección, porque no se ve
ni su principio ni su fin (cf. en español «negocio redondo»). West,
sin embargo, piensa que debe entenderse, quizá, más bien en el sentido de «dando vueltas».

Autónoa, Lisianasa Evarna, de agradable figura y de aspecto irreprochable; Psámata de gracioso tipo; la divina   260
Menipa, Neso, Eupompa, Temisto, Prónoa y Nemertes, que tiene la misma inteligencia que su inmortal padre.

Estas cincuenta muchachas, conocedoras de las obras perfectas, nacieron del irreprochable Nereo.

Taumante se casó con Electra, la hija del Océano, de   265
profunda corriente. Ésta dio a luz a la veloz Iris y a las Harpías, de hermosos cabellos, a Aelo y a Ocípeta, que con rápidas alas siguen a los soplos de los vientos y a los pájaros, pues saltan en lo alto.

Ceto, por su parte, engendró con Forcis[32], a las Grayas,   270
de hermosas mejillas, canosas desde su nacimiento, a las que ancianas llaman los dioses inmortales y los hombres que por la tierra caminan; a Penfredo, de hermoso peplo; a Enío, de azafranado manto, y a las Gorgonas, que habitan al otro lado del famoso Océano, en el límite de la noche, donde las Hespérides, de armoniosa voz, Esteno,   275
Euríala y la desventurada Medusa. Ésta era mortal, pero las otras inmortales y exentas de vejez las dos. Con ella sola yació el de azulada cabellera[33] en el suave prado, entre primaverales flores[34]. Cuando Perseo le cortó la cabeza surgieron el inmenso Crisaor y el caballo Pegaso. Éste   280
tuvo este nombre porque nació junto a las fuentes del Océano, y el otro porque tiene una espada de oro en sus manos. Aquél, abandonando de un vuelo la tierra, madre de rebaños, se fue junto a los inmortales y habita en la morada de Zeus, llevándole el trueno y el rayo al prudente Zeus.   285

32. Forcis, como viejo del mar, y Ceto, por su nombre ('ballena'), son progenitores de monstruos marinos, pero no todos sus hijos son inmortales. Aparecen entre los descendientes de Ponto, no porque tengan conexión con el mar, sino porque no pueden estar entre los descendientes de Urano.

33. Epíteto de Posidón.

34. Cf. n. 26 *supra*.

Crisaor engendró al tricéfalo Gerión, uniéndose a Calírroe, hija del famoso Océano; a éste lo mató el fuerte He-
290　racles junto a sus bueyes de tornátiles pies en Eritea, bañada por todas partes, el día en que se llevó hacia la sagrada
Tirinte los bueyes de ancha frente, atravesando el curso del
Océano [tras haber matado a Orto y al boyero Euritión en
el umbroso establo, al otro lado del famoso Océano].

295　　　Ella[35] en una cóncava cueva engendró otro monstruo
extraordinario, en nada semejante a los mortales hombres ni a los inmortales dioses, la divina Equidna de vigorosa mente, mitad joven de hermosas mejillas y vivos
ojos, mitad, por otra parte, terrible serpiente monstruosa, enorme, brillante, salvaje, en las entrañas de la divina
300　tierra. Allí ocupa una cueva bajo cóncava roca lejos de
los inmortales dioses y los mortales hombres; allí, en
efecto, le dieron los dioses las famosas moradas para que
305　habitara. [Ella, la pérfida Equidna, la muchacha inmortal
y siempre joven, fue retenida en el país de los Árimos
bajo tierra por siempre. Con ella, con la muchacha de
ojos vivos, dicen que se unió amorosamente Tifón, el temible, el insolente, el fuera de la ley, y, embarazada, dio a
luz hijos de temible mente; en primer lugar, parió al pe-
310　rro Orto para Gerión, luego tuvo uno extraordinario que
no se puede nombrar, el salvaje Cerbero, el perro de
broncínea voz de Hades, de cincuenta cabezas, insaciable
y feroz; en tercer lugar engendró a la perversa Hidra de
Lerna, a la que crió la diosa Hera, de blancos brazos, in-
315　mensamente irritada contra el fuerte Heracles. A ella la
mató el hijo de Zeus, el Anfitriónida Heracles, con su
despiadado bronce, con ayuda del belicoso Yolao, protegido de Ares, por decisión de la rapaz Atena.

　　　La Hidra alumbró a Quimera, que exhala indómito
320　fuego, terrible, enorme, de rápidos pies y violenta. Tres

35. Ceto.

eran sus cabezas: una de león, de brillantes ojos, otra de cabra y la tercera de serpiente, de poderoso dragón. Delante león, detrás dragón y en medio cabra, que exhala ardiente fuego de terrible fuerza. A ella la mataron Pega-   325
so y el valiente Belerofonte.

Ésta, en efecto, unida a Orto, tuvo la terrible Fix, perdición para los cadmeos, y al león de Nemea, al que Hera, la ilustre esposa de Zeus, tras haberlo criado, lo puso en las colinas de Nemea, calamidad para los hombres. Allí   330
destruía las tribus de los hombres que habitaban el lugar siendo dueño de Treto, Nemea y Apesante. Pero a él lo venció el vigor del fuerte Heracles.]

Ceto, en unión amorosa con Forcis, engendró por último una terrible serpiente que, en los extremos confines, en unas grutas de la sombría tierra, vigila[36] manzanas   335
completamente de oro.

Tal es el linaje de Ceto y Forcis.

Tetis[37], con el Océano, dio a luz a los voraginosos Ríos:

36. El dragón (la serpiente), por su fuerza, su agilidad y su vista extraordinaria se considera el símbolo del guardián perfecto para los tesoros (cf. la que custodia el Vellocino, Pitón en Delfos, Equidna, Hidra, Quimera...). Pero tiene, además, una gran variedad de significaciones en la mayoría de los pueblos, por su especial situación dentro del mundo animal: locomoción sin ayuda de patas, vida en agujeros, aspecto externo, mordedura venenosa que también puede utilizarse con fines terapéuticos, mudas de piel... Aparece como animal apotropaico, guardián de recintos sagrados y mundos subterráneos, conductor de almas, símbolo sexual, signo de renovación permanente y, por tanto, de resurrección... (cf. su papel, p. e., en el culto Dionisíaco en las *Bacantes* de Eurípides).
37. Tras los descendientes de Ponto, vuelve Hesíodo a los de Urano y toma en primer lugar a Tetis y Océano, posiblemente porque Océano fue el primero en la lista de Titanes (v. 133), o porque debido a las asociaciones acuáticas tiene más rasgos en común con los grupos de familias precedentes. Los hijos son los ríos y las hijas las ninfas de las fuentes y árboles. Este catálogo de ríos da idea de que el autor tenía un sentido muy vago de la geografía. Excepto tres grandes ríos en los confines del mundo: Nilo, Fasis y Erídano, los demás

el Nilo, el Alfeo, el Erídano, de profundos torbellinos; el
340 Estrimón, el Meandro, el Istro, de bellas corrientes; el Fasis, el Reso, el Aqueloo, de plateados remolinos; el Neso,
el Rodio, el Haliacmón, el Hectáporo, el Gránico, el Esepo, el divino Simunte, el Peneo, el Hermo, el Ceco, de
hermosa corriente; el Gran Sangario, el Ladón, el Parte-
345 nio, el Eveno, el Ardesco y el divino Escamandro.

También engendró una sagrada estirpe de hijas que en
la tierra, con el tutelaje[38] del soberano Apolo y de los
Ríos, educan a los niños para que sean hombres por haber recibido de Zeus esa misión: Peito, Admeta, Yanta,
350 Electra, Dóride, Primmo, Urania, semejante a los dioses;
Hipo, Clímene, Rodea, Calírroe, Zeuxo, Clitia, Idía, Pisí-
toa, Plexaura, Galaxaura, la amable Dione, Melóbosis,
Toa, la bella Polidora, Cerceis, de gracioso aspecto, Pluto,
355 de ojos de novilla, Perseis, Yanira, Acasta, Janta, la encantadora Petrea, Menesto, Europa, Metis, Eurínome, Telesto, de azafranado manto, Criseida, Asia, la agradable Calipso, Eudora, Tyche, Anfiro, Ocírroe y Estigia, que es la
360 más importante de todas. Éstas son las mayores de las hijas que nacieron del Océano y Tetis, pero hay muchas
otras, pues tres mil son las Oceánides de finos tobillos
365 que, muy diseminadas, cuidan de la tierra y de las pro-

se dividen entre Grecia (Aqueloo, Alfeo, Peneo, Ladón, Haliacmón,
Eveno), Asia Menor griega (Meandro, Hermo, Ceco), Tróade (Escamandro, Simunte, Esepo, Reso, Heptáporo, Rodio, Gránico), Tracia
egea (Estrimón, Neso) y Mar Negro (Istro, Ardesco, Sangario, Partenio). Parece extraño encontrar en este catálogo nombres que pa-
recían desconocidos para Hesiodo y, en cambio, no encontrar nombres de ningún río beocio. El modelo debe buscarse en *Il.* XII, 20 ss.
38. Cf. *Od.* XIX, 85 ss., Platón, *Ley.* II, 928. La tutela se extiende
para los chicos hasta su mayoría de edad (18 años) y para las chicas
hasta su matrimonio. El tutor debe ocuparse de la educación y de
todos los intereses de los jóvenes a su cargo, representándolos en las
acciones legales. El cumplimiento de estas obligaciones era contro-
lado por los magistrados.

fundidades del mar por todas las partes por igual, brillantes hijas de diosas. Y otros tantos son también, por su parte, los ríos que ruidosamente fluyen, hijos de Océano, a los que dio a luz la venerable Tetis. Difícil es que un hombre mortal diga el nombre de todos estos, pero conocen cada 370 una de sus peculiaridades quienes a su alrededor habitan.

Tea, dominada por el amor de Hiperión, engendró al gran Helio, a la brillante Selene[39] y a Eos, que luce para todos los que habitan en la Tierra y para los inmortales dioses que ocupan el ancho cielo.

Euribia, divina entre las diosas, uniéndose amorosa- 375 mente a Crío, dio a luz al gran Astreo, a Palante y a Perses, que sobresalió entre todos por su ciencia.

Eos, con Astreo, uniéndose amorosamente la diosa con el dios, tuvo a los vientos de impetuoso soplo, el purificador Céfiro, el veloz Bóreas y el Noto. Después de és- 380 tos, Erigenía engendró al lucero Eósforo, a los brillantes astros y a todo cuanto corona el cielo.

Estigia, la hija de Océano, unida a Palante, parió a Celo y a Nike, de bellos tobillos, en su palacio, y dio también a luz a Cratos y Bía, conspicuos hijos. No está lejos de Zeus 385 su morada y no hay lugar ni camino por donde el Dios no gobierne con aquéllos, sino que siempre están situados junto al resonante Zeus. Así, en efecto, lo decidió la inmortal Oceánide, Estigia, el día en que el Olímpico lan- 390 zador de relámpagos convocó a todos los dioses inmortales en el inmenso Olimpo y dijo que a ninguno que le ayudara en la lucha con los Titanes le privaría de regalos, sino que cada uno tendría al menos la misma honra que antes entre los dioses inmortales, y dijo que daría la hon- 395 ra y dignidad, que es lícito, al que hubiera sido despojado de ellas por Crono.

---

39. La díada natural (Sol-Luna) se transforma en una tríada mediante la incorporación de Eos (cf. vv. 19, 371).

Fue entonces la primera al Olimpo la inmortal Estigia
400 con sus hijos, por su preocupación por su padre. A ella la
honró Zeus y le dio innumerables regalos, pues estableció que ella fuera el gran juramento[40] de los dioses y que
sus hijos habitaran por siempre con él. Así, como precisamente lo prometió ante todos, lo cumplió, y él mismo
tiene gran poder y soberanía.

Febe, por su parte, acudió al muy amado lecho de Ceo;
405 luego, la diosa, tras quedar embarazada, dio a luz a Letó,
de oscuro peplo[41], siempre suave, delicada con los hombres e inmortales dioses, suave desde el principio, la más
amable dentro del Olimpo. También parió a la famosa
410 Asteria, a la que en cierta ocasión Perses llevó a su gran
casa para que fuera llamada su esposa.

Ella, quedando embarazada, trajo al mundo a Hécate,
a la que el Crónida Zeus estimó por encima de todas y le
dio como brillantes regalos participar de la tierra y del
estéril mar, pero también obtuvo parte de la honra del es-
415 trellado cielo y es especialmente respetada por los inmortales dioses. En efecto, ahora, cada vez que alguno de los
hombres sobre la tierra quiere atraerse el favor de los dioses, realizando hermosos sacrificios según costumbre,
suele invocar a Hécate. Mucha honra acompaña con faci-
420 lidad a aquel cuyas súplicas acepta benévola la diosa y le
otorga, además, felicidad, puesto que tiene capacidad

40. Cf. *Il*. XV, 38. Estigia es para el juramento de los dioses lo que
Horco es para los hombres (v. 231). Los dioses prestan juramento por
ella haciendo una libación con su agua. Por tanto, el juramento de los
dioses y el de los hombres tienen puntos de contacto: invocación de
poderes ctónicos (*Il*. III, 278, y XIX, 259) y asociación de Horco con las
Erinias (*Tr*. 803), utilización de fuentes o agua, quizá porque una fuente (manantial) es un lugar habitual de la divinidad ctónica.
41. Debe ser un epíteto cultual. Los vestidos negros están asociados
con la muerte o deidades como la Noche, Erinias, etc. Letó no tiene,
de ordinario, nada que ver con ellas. Pero hay un culto de Letó Ny-
chia ('nocturna') atestiguado.

para ello. Tiene una parte, en efecto, de todo lo que poseen cuantos nacieron de Gea y Urano y consiguieron
una esfera de influencia. No ejerció con ella violencia el
Crónida, ni le quitó nada de cuanto alcanzó entre los primeros dioses, los Titanes, sino que conserva lo que desde   425
el primer momento obtuvo, y no por ser hija única[42] la
diosa participó menos de la esfera de influencia [y gloria
en la tierra, en el cielo y en el mar], sino incluso mucho
más, puesto que Zeus la honra.

A quien ella desea, en gran manera lo asiste y ayuda;   434
en el juicio se sienta junto a los venerables reyes, y en el   430
ágora hace sobresalir al que quiere; cuando para la destructora guerra se preparan los hombres, entonces la   433
diosa asiste a los que desea otorgar victoria y conceder-
les la gloria. Asimismo es útil cuando los hombres com-   435
piten en un certamen, pues también entonces la diosa
les asiste y ayuda y, al vencer en fuerza y capacidad, un
hermoso premio con facilidad y alegría se lleva y a sus
padres da gloria. Es capaz de asistir a los jinetes[43] que
quiere, y a los que trabajan en el tempestuoso mar y su-
plican a Hécate y al retumbante Enosigeo, fácilmente   440
abundante botín les concede la ilustre diosa y con facilidad se lo quita, cuando parece seguro, si así lo desea en
su ánimo. Con la ayuda de Hermes tiene la posibilidad
de aumentar los rebaños en los establos y por lo que se
refiere a las manadas de bueyes, grandes rebaños de ca-   445
bras y majadas de ovejas de espeso vellón, si así lo quiere
en su ánimo, a partir de pocos los hace prosperar y de
muchos disminuir.

---

42. Cf. Hrdto. III, 119, Sóf., *Ant.* 904 ss., para ver el precio que en la
Antigüedad pagaban las mujeres por serlo. Posiblemente una hija
única corría más peligro por no tener un hermano que protegiera
sus intereses.
43. La aristocracia de Calcis en esa época era conocida como *hippo-
botai*.

Así, aunque unigénita de madre, entre todos los in-
450 mortales es estimada por sus prerrogativas. [El Crónida
la hizo criadora de los jóvenes que después de ella vieron
con sus ojos la luz de Eos que a muchos alumbra. Así,
desde el comienzo, es criadora de jóvenes y éstas son sus
esferas de actuación.]

Rea, sometida por Crono, engendró[44] gloriosos hijos:
455 Histia, Deméter, Hera, de sandalias de oro; el robusto
Hades, que habita moradas bajo la tierra con despiadado
pecho; el retumbante Enosigeo y el prudente Zeus, padre
de dioses y hombres, bajo cuyo trueno se agita la amplia
tierra.

460 A ellos los devoraba el gran Crono cuando cada uno
desde el sagrado vientre de su madre llegaba a sus rodillas, tramando esto para que ninguno otro de los nobles
descendientes de Urano obtuviera la dignidad real entre
los inmortales. Pues por Gea y el estrellado Urano se había enterado de que tenía como destino morir a manos
465 de su hijo, aunque fuera fuerte, por obra de las decisiones
del gran Zeus. Por esto no descuidaba la vigilancia, sino
que, siempre al acecho, devoraba a sus hijos, y Rea sufría
terriblemente.

44. En el nacimiento de Zeus confluyen dos relatos diferentes: uno
del Próximo Oriente que forma parte de un mito de sucesión más
completo y otro de Creta Minoica, en que Crono y los Titanes no
existen. Los elementos del Próximo Oriente se ven por la comparación con la historia hurrita-hitita de Kumarbi. En cuanto al lugar
donde se oculta a Zeus, normalmente se dice que fue el monte Ida o
Dicte, y sólo Hesiodo lo sitúa cerca de Licto. La danza de los Cure-
tes con escudos simbolizaría, para West, la fertilidad, y el ruido de
los escudos sería un rito apotropaico. El desarrollo del mito recibió
influencias de varios motivos de cuentos populares: padre que quiere deshacerse de sus hijos para evitar que se cumpla la profecía de
que uno lo destronará; el niño expósito que crece, se salva y reclama
la herencia; el hombre devorado por un monstruo y luego vomita-
do (cf. Jonás y la ballena); el ogro al que no se puede vencer por la
fuerza sino por el engaño...

Pero cuando iba a dar a luz a Zeus, padre de dioses y
hombres, suplicaba a sus padres [a los de ella, a Gea y al   470
estrellado Urano] que le ayudaran en su plan, para que
sin que se diera cuenta pariera a su hijo y vengara las Erinias de su padre [y de los hijos que se tragó el gran Crono
de astuta mente].

Ellos mucho escucharon y obedecieron a su hija, a la   475
vez que le contaron cuanto estaba marcado por el destino
que sucediera respecto al rey Crono y a su valeroso hijo y
la enviaron a Licto, un rico pueblo de Creta [cuando iba
a dar a luz al último de sus hijos, al gran Zeus. A éste lo
recogió la monstruosa Gea para alimentarlo y educarlo
en la amplia Creta].   480

Allí fue, llevándolo a lo largo de la rápida gran noche,
primeramente a Licto; lo tomó en sus manos y lo ocultó
en una escarpada cueva, bajo las entrañas de la divina
tierra, en el monte Egeo, poblado de árboles. Y envol-   485
viendo en pañales una gran piedra se la puso en sus manos al gran soberano Uránida, rey de los primeros dioses.
Aquél entonces, cogiéndola con sus manos, la puso en su
vientre, ¡desdichado!, y no se dio cuenta en su mente de
que detrás, en lugar de una piedra, quedaba su invencible
e imperturbable hijo, que pronto, sometiéndolo con la   490
violencia de sus manos, lo iba a despojar de sus atributos
e iba a gobernar entre los inmortales.

Rápidamente crecieron la fuerza y los gloriosos miembros del soberano, y al llegar el momento oportuno, en-   495
gañado por las muy sabias sugerencias de Gea, el gran astuto Crono vomitó a sus hijos [vencido por las artes y
violencia de su hijo]. Pero primeramente echó fuera
la piedra, puesto que era lo último que se tragó. Zeus la
fijó[45] sobre la tierra de anchos caminos en la muy sagra-

45. Actualmente se puede contemplar en Delfos una enorme piedra
que se considera el *omphalos* (ombligo) del mundo y que, según la
leyenda, es la que Crono se tragó en lugar de Zeus. Se ha pensado

da Pitó, en las cavidades del Parnaso, para que fuera un
500 símbolo para la posteridad, maravilla para los hombres
mortales.

Liberó a los hermanos de su padre de sus fuertes ata-
duras [a Brontes, a Estéropes y a Arges, de violento áni-
mo], los Uránidas, a los que su padre en su locura en-
cadenó. Éstos le guardaron reconocimiento[46] por sus
buenas acciones y le dieron el trueno, el llameante rayo y
505 el relámpago, que antes los escondía[47] la inmensa Gea, y
apoyado en ellos gobierna sobre mortales e inmortales.

Con la muchacha de bellos pies, la Oceánide Clímene,
se casó Jápeto y con ella subió al lecho común. Ésta le dio
510 un hijo, el valeroso Atlante, y le engendró al muy famoso
Menetio, al sutil Prometeo, rico en recursos, y al torpe
Epimeteo, que fue desde el principio un mal para los la-
boriosos hombres, pues por primera vez aceptó una doncella modelada por Zeus.

Al insolente Menetio, por su insensato orgullo y su
515 arrogante fuerza, lo hizo bajar al Érebo Zeus de amplia
mirada, alcanzándole con su humeante rayo.

Atlante, por imperiosa necesidad, sostiene [de pie, con
su cabeza e incansables manos], el ancho cielo en los confines de la tierra, cerca de las Hespérides de agradable
520 voz. Este destino, en efecto, le asignó el prudente Zeus.

A Prometeo, de astutas decisiones, lo ató con ligaduras
de las que no se puede librar, con dolorosas cadenas que

---

que sea un meteorito, pues, al proceder éstos del cielo, se consideraban sagrados (cf. Paus. X, 24, 6).
46. Porque liberó a los cíclopes que le dieron el rayo con el que derro-
tó a los Titanes (v. 687) y Tifón. La historia afecta a la liberación de sus
hermanos y, también, a la titanomaquia con los centímanos (v. 617).
47. Hesíodo está pensando, probablemente, en el fuego volcánico,
pero también los cíclopes nacen de la tierra. Por otra parte, los objetos preciosos se hallan a menudo bajo tierra, quizá como símbolo de
la fecundidad.

metió a través de una columna, y contra él lanzó un
águila[48] de amplias alas. Ésta le comía el inmenso hígado,
pero éste crecía por la noche tanto cuanto el ave de rápido   525
vuelo había devorado por el día. [A ésta la mató el valeroso hijo de Alcmena, poniendo fin a sus desdichas, no
contra la voluntad de Zeus Olímpico, que domina en lo
alto, sino para que la gloria de Heracles, nacido en Tebas,   530
fuera aún mayor que antes en la fecunda tierra. Al respe-
tarlo así honraba a su famoso hijo y, a pesar de que estaba
muy irritado, cesó en la cólera que antes tenía porque
Prometeo combatía los planes del muy poderoso Cronión.]

En efecto, cuando los dioses y los mortales disputaban   535
en Mecona, entonces Prometeo, tratando de engañar al
inteligente Zeus, con ánimo resuelto le ofreció un enorme buey que había dividido. Por una parte puso, en la
piel, la carne y las entrañas ricas en grasa, ocultándolas
en el estómago del buey; por otro lado, colocando bien   540
los blancos huesos del buey con engañoso arte, se los presentó, después de haberlos cubierto con blanca grasa.
Ante esto el padre de los hombres y dioses le dijo:

48. El tormento del águila recuerda al de Tición con dos buitres
descrito en *Od.* XI, 578 ss., e *Il.* XXIV, 212. Se piensa que se trata de
un mito caucásico, origen que tienen tanto el tormento de Prometeo
como el de Tición, el de Tántalo, Oto, Efialtes, etc. Excepto el de Prometeo, todos están localizados en el Hades (cf. *Od.* XI, 576 ss.). El
tormento de Prometeo fue visto por los Argonautas (Apol. Rod. II,
1246 ss.), por lo que puede pensarse en una incorporación procedente de las costas de Asia Menor. Prometeo debía ser bien conocido en Yolco, pues su padre Deucalión fundó la ciudad (Apol. Rod.
III, 1086). Su situación en la roca se considera un ejemplo de
apotympanismós: suplicio aplicado a criminales, malhechores, etc.,
pues las representaciones más antiguas lo presentan normalmente
encadenado en cuclillas. Por otra parte, ésa es la postura típica de la
súplica, el duelo, la iniciación, el culto a los muertos, etc., para asociarse más con los seres a los que pretenden unirse.

«Japetónida, famoso entre todos los soberanos, mi buen amigo, cuán desigualmente hiciste las partes».

545   Así habló en tono mordaz Zeus, conocedor de inmortales designios. A él le respondió, por su parte, el astuto Prometeo con una leve sonrisa, sin olvidarse de su engañoso artificio:

«Zeus gloriosísimo, el más grande de los sempiternos dioses, elige de éstos el que en tu pecho te indique tu ánimo».

550   Habló, en verdad, con engañosa mente y Zeus, conocedor de inmortales designios, se dio cuenta y no ignoró el engaño, sino que en su corazón proyectó contra los hombres mortales males que, realmente, iba a cumplir.

Levantó con ambas manos la blanca grasa, se irritó en
555   sus entrañas y la cólera le llegó a su ánimo cuando vio los blancos huesos del buey por el pérfido engaño. Desde entonces en la tierra las estirpes de hombres queman para los inmortales blancos huesos sobre humeantes altares. Y a aquél Zeus amontonador de nubes, muy irritado, le dijo:

560   «Japetónida, conocedor de los designios relativos a todas las cosas, mi buen amigo, no te olvidaste, en efecto, del pérfido arte».

De este modo se expresó lleno de irritación Zeus, sabedor de inmortales designios, y desde ese momento, acordándose en cada instante del engaño, no otorgaba a los fresnos[49] la fuerza del incansable fuego [para los mor-
565   tales que habitan sobre la tierra]. Pero de él se burló el noble hijo de Jápeto robando en una caña hueca la luz del incansable fuego que desde lejos se ve. Dañó así, de nue-

---

49. En los mitos populares se dice que el fuego reside en los árboles porque de éstos se obtiene por fricción. Otros prefieren poner esto en relación con el origen de los hombres de la tercera edad, como aparece en *Tr.* 145.

vo, en lo más profundo el ánimo al altitonante Zeus, y le
irritó en su corazón cuando vio entre los hombres el brillo del fuego que desde lejos se observa.

Al punto, a cambio del fuego, tramó males para los 570
hombres: el famoso Cojo[50] modeló, por decisión del Crónida, algo semejante a una respetable doncella; la ciñó y
adornó con un vestido de destacada blancura la diosa
Atena de ojos verdes; la cubrió desde su cabeza con un
velo, hecho a mano, admirable de ver; encantadoras coro- 575
nas de fresca hierba trenzada con flores le colocó en torno
a su cabeza Palas Atena; en su cabeza le colocó una diadema de oro, que hizo él mismo, el famoso Cojo, con sus 580
manos, intentando agradar a su padre Zeus; en ésta estaban grabados, cosa admirable de ver, muchos artísticos
monstruos, cuantos terribles crían la tierra y el mar; muchos de éstos puso y en todos ellos se respiraba su arte,
admirables y semejantes a seres vivos dotados de voz.

Cuando hizo el bello mal, a cambio de un bien, la llevó 585
donde estaban precisamente los demás dioses y los hombres, engalanada con el adorno de la diosa de los ojos verdes, hija de poderoso padre; la admiración se apoderó de
los inmortales dioses y los mortales hombres, cuando
vieron el arduo engaño, sin remedio para los hombres.
De ella, en efecto, procede el linaje de las femeninas mu- 590
jeres [pues funesto es el linaje y la estirpe de las mujeres];
gran desgracia para los mortales, con los hombres habitan no como compañeras de la perniciosa pobreza, sino
de la abundancia.

50. Hefesto. Sobre el origen de este defecto aparecen en la *Ilíada*
versiones diferentes: en I, 571 ss. se dice que se debe a que Zeus lo
precipitó desde el Olimpo cuando, en una discusión que él mantenía con Hera, Hefesto salió en defensa de la diosa; en cambio, en
XVIII, 395 se indica que la causa fue que Hera, avergonzada del aspecto nada agradable que tenía su hijo al nacer, lo arrojó desde lo
alto del Olimpo.

595   Como cuando en las abovedadas colmenas las abejas
alimentan a los zánganos[51], dedicados a míseros trabajos:
ellas durante todo el día, hasta la puesta del sol, día a día se
afanan y hacen los blancos panales, mientras ellos permaneciendo dentro, en los recubiertos panales, recogen en su
600   estómago el trabajo ajeno, así, del mismo modo, el altitonante Zeus como desgracia para los hombres mortales
hizo las mujeres, dedicadas a malvadas acciones.

[Y otro mal suministró a cambio de un bien: quien, esquivando el matrimonio y las funestas obras de las mujeres no quiere casarse y llega a la funesta vejez sin sostén
605   para esta etapa, éste no vive falto de medios; pero al morir, sus parientes se reparten sus posesiones. Quien, en
cambio, participa del matrimonio y tiene una esposa
prudente, provista de inteligencia, a él desde el comienzo
de los tiempos se le iguala el mal con el bien constante-
610   mente. El que consigue un tipo de esposa destructiva,
vive con incesante aflicción en su pecho, en su ánimo y en
su corazón, y su mal es incurable.]

Así no es posible engañar ni transgredir la voluntad de
Zeus, pues ni siquiera el Japetónida, el benefactor Pro-

---

51. Cf. Semónides de Amorgos, frg. 7, del que ponemos a continuación algunos versos: «De modo diverso la divinidad hizo el talante
de la mujer / desde un comienzo. A la una la sacó de la híspida cerda:
/ en su casa está todo mugriento por el fango / en desorden y rodan-
do por los suelos /[…]/ A otra la sacaron de la abeja. ¡Afortunado
quien la tiene! / Pues es la única a la que no alcanza el reproche
/[…]/ Y las demás, todas ellas existen por un truco / de Zeus, y así
permanecen junto a los hombres. Pues éste es el mayor mal que
Zeus creó: / las mujeres. Incluso si parecen ser de algún provecho, /
resultan, para el marido sobre todo, un daño. / Pues no pasa tranquilo nunca un día entero / todo aquel que con mujer convive /[…]/
Porque éste es el mayor mal que Zeus creó, / y nos lo echó en torno
como una argolla irrompible, / desde la época aquella en que Hades
acogiera / a los que por causa de una mujer se hicieron la guerra»
(trad. de C. García Gual, en *Antología de la poesía lírica griega [ss.
VII-IV a.C.]*, Madrid, Alianza Edit., 1980).

meteo, se escapó de su pesada cólera, sino que por la   615
fuerza una gran cadena le retuvo, a pesar de ser muy
sabio.

[ASCENSO DE ZEUS AL PODER]

A Briareo, Coto y Giges los ató su padre con una fuerte
cadena cuando se enfadó en su ánimo, envidioso de su
formidable fuerza, su aspecto y su tamaño, y los estable-   620
ció bajo la tierra de anchos caminos. Allí ellos, habitando
bajo la tierra, entre dolores, estuvieron en los últimos
confines de la tierra, muy irritados, con gran pesar de su
corazón. Pero a ellos el Crónida y los demás dioses inmortales que engendró Rea, de hermosa cabellera, en su   625
unión amorosa con Crono, los sacaron de nuevo a la luz,
de acuerdo con las instrucciones de Gea. Pues ella les
contó, con toda exactitud, que con ellos obtendrían la
victoria y hermosa gloria.

Ya durante largo tiempo luchaban con doloroso es-   629
fuerzo unos frente a otros en duros combates los dioses   631-630
Titanes y cuantos nacieron de Crono, los unos, los mag-
níficos Titanes, desde el elevado Otris, los otros, los dio-   632
ses dadores de bienes a los que engendró Rea, de hermosa cabellera, unida con Crono, desde el Olimpo.

Éstos, en verdad, entonces en dolorosa lucha, llevaban   635
combatiendo ininterrumpidamente diez años[52] comple-
tos, y no había solución ni fin de la penosa disputa para
ninguno de los dos bandos, sino que indeciso estaba el
resultado de la guerra. Pero, cuando a aquéllos ofreció
Zeus todos los alimentos [néctar y ambrosía, que los pro-   640
pios dioses toman], en el pecho de todos se acrecentó el

---

52. Aparentemente se trata de una fórmula convencional (cf. 725,
789, e *Il.* I, 54, y II, 328-9) que puede basarse en la división del mes
en tres partes (primera, segunda y tercera décadas).

heroico ánimo [cuando comieron el néctar y la deliciosa ambrosía[53]], entonces dijo entre ellos el padre de hombres y dioses:

645   «Oídme, famosos hijos de Gea y Urano, para que os diga lo que mi ánimo me ordena en mi pecho. Ya durante muy largo tiempo unos frente a otros luchamos por la victoria y el poder todos los días los dioses Titanes y cuantos nacimos de Crono. Pero vosotros mostrad vues-
650   tra gran violencia y vuestras invencibles manos frente a los Titanes en la terrible lucha, acordándoos de nuestra dulce amistad, cómo gracias a nuestra decisión salisteis de la oscura tiniebla de nuevo a la luz, tras haber soportado tantos dolores por la dolorosa cadena».

Así habló y a él le respondió el irreprochable Coto:

655   «Divino, cosas no desconocidas estás explicando, pues también nosotros mismos sabemos lo excelentes que son tu inteligencia y tu mente, pues para los inmortales fuiste liberador de una maldición terrible; por tu sabiduría de nuevo logramos salir de la oscura tiniebla, tras haber su-
660   frido bajo duras cadenas, soberano hijo de Crono, cosas inesperadas. Por esto también ahora con espíritu firme y resuelta decisión salvaremos en terrible lucha tu poder, combatiendo con los Titanes en duras batallas».

Así dijo y los dioses dadores de bienes, al oír su palabra, lo alabaron y su ánimo estaba aún más impaciente
665   que antes por la guerra. Provocaron una desdichada lucha, tanto femeninos como masculinos, aquel día, los dioses Titanes y cuantos nacieron de Crono, y aquellos a
670   los que Zeus de las tinieblas bajo tierra sacó a la luz, terribles y fuertes, dotados de extraordinaria violencia. Cien manos les salían de los hombros a todos por igual y cin-

---

53. El tomar néctar y ambrosía es una ratificación simbólica del retorno de los centímanos al mundo de los dioses de arriba y la terminación de su castigo (cf. *Il.* XIX, 155, *Himn. Ap.* 127).

cuenta cabezas a cada uno le nacían de sus hombros sobre sus fuertes miembros.

Ellos, entonces, en cruel batalla, se enfrentaron a los
Titanes con enormes piedras en sus robustas manos.   675
Los Titanes, desde el otro lado, fortificaban sus filas con
prontitud; ambos mostraban a la vez el poder de sus manos y de su violencia. Terrible resonó el inmenso mar; la
tierra produjo un gran estruendo; el ancho cielo agitán-
dose se lamentó; el inmenso Olimpo desde su base vibró   680
por el ímpetu de los inmortales; llegó al umbroso Tártaro
el pesado ruido de pies y el profundo griterío del inmenso tumulto y de los fuertes disparos. ¡De ese modo lanzaban funestos dardos unos contra otros!; la voz de unos y   685
otros exhortándose llegó al estrellado Cielo, y ellos con-
fluyeron con un gran alalá.

Ya no contenía Zeus su fuerza, sino que al punto se
llenaron de cólera sus entrañas y mostró toda su violencia; al mismo tiempo, desde el cielo y desde el Olimpo
avanzaba lanzando rayos de modo continuo y los rayos,   690
a la vez que el trueno y el relámpago, revoloteaban desde su robusta mano, haciendo dar vueltas a la sagrada
llama.

De un lado y otro la nutricia tierra resonaba al que-
marse y crepitaba grandemente con el fuego la inmensa
selva; hervía toda la tierra y las corrientes del Océano y el   695
estéril ponto. Una ardiente humareda envolvió a los ctónicos Titanes y una inmensa llama alcanzó el divino aire,
y, aunque eran muy fuertes, sus dos ojos se quedaban ciegos cuando resplandecía el brillo del relámpago y del
rayo.

Un terrible calor ardiente se apoderó del Caos y pare-   700
cía verse ante los ojos y oírse con los oídos un sonido
igual que cuando se aproximaron Gea y el ancho Urano.
En efecto, tan grande estruendo se produjo cuando,
abatida ella, aquél se precipitó desde lo alto [¡tan gran   705

estruendo se originó al chocar los dioses en su combate!].

    A la vez los vientos expandían con estrépito la sacudi-
da, el polvo, el trueno, el relámpago y el ardiente rayo, flechas del gran Zeus, y llevaban al centro de ambos griterío
710 y clamor; inmenso fragor salía de la terrible disputa; era
evidente la violencia de las acciones y, al fin, la batalla de-
clinó, pero antes, atacándose mutuamente, luchaban sin
cesar en fuertes combates. Entre los primeros desperta-
ron una aguda lucha éstos, Coto, Briareo y Giges, insacia-
715 ble de lucha, los cuales enviaron con sus fuertes manos
trescientas piedras, una tras otra, y cubrieron con estos
dardos a los Titanes; a ellos los enviaron bajo la tierra de
amplios caminos y los encadenaron con dolorosas cade-
720 nas, tras haberlos vencido con sus manos, a pesar de que
eran muy valientes, tanto bajo tierra[54], cuanto lejos está
el cielo de la tierra [tanto hay desde la tierra hasta el umbroso Tártaro]. En efecto, si durante nueve noches y nueve días estuviera un yunque[55] de bronce bajando desde el
cielo, al décimo llegaría a la tierra, [e igualmente si desde
la tierra hasta el tenebroso Tártaro], por otro lado, du-

54. De 713 a 819 describe el poeta el mundo subterráneo mediante
una construcción anular. Parte de los centímanos (713) sigue con
los Titanes y su prisión (717 ss.), lo que le lleva a hablar de los cimientos de tierra y mar (728) y, por tanto, de las fuentes de la tierra,
mar y cielo, describiendo el Tártaro y cuanto con él puede asociarse
(Atlas, Noche, Día, Sueño, Muerte, Hades, Cerbero, Estigia... [736
ss.]) y, como éste es prisión de los Titanes (813), su recuerdo le lleva
de nuevo al de los centímanos (815). Cf. *Od.* XI: descenso de Odiseo
a los infiernos.
55. El empleo del yunque recuerda al que Zeus (*Il.* XV, 19) utiliza
para atar los pies de Hera, pero también puede deberse su uso aquí a
que la palabra *akmon* denominara una piedra meteórica, o a que el
yunque sugiriera este tipo de elementos. En cuanto a la duración de
la trayectoria, cf. *Il.* I, 591-592, en que Hefesto cae desde el cielo a
Lemnos en un día, o *Historias verdaderas,* I, 10, donde Luciano tar-
da siete días y noches en llegar a la luna.

rante nueve noches y días un yunque de bronce estuviera
bajando, al décimo día llegaría al Tártaro.   725

En torno a él un cerco de bronce se extiende; de uno y
otro lado, en torno a su garganta, una oscuridad de tres
capas está derramada; por encima nacen las raíces[56] de la
tierra y del estéril mar.

Allí están ocultos, por decisión de Zeus que amontona   730
las nubes, los dioses Titanes en una zona húmeda, en los
límites de la inmensa tierra. Éstos no pueden salir, pues
Posidón les colocó unas puertas de bronce y una muralla
les rodea por ambos lados. Allí habitan Giges, Coto y el
valiente Briareo, fieles vigilantes de Zeus, portador de la   735
égida.

Allí están las fuentes y términos de todos, uno tras
otro, de la oscura tierra, del umbroso Tártaro, del estéril
mar y del estrellado Cielo, lugares terribles, mohosos,
que los dioses odian: gran abismo: ni siquiera se llegaría   740
al fondo en un año entero, si fuera posible franquear sus
puertas, sino que aquí y allí te llevaría borrasca contra espantosa borrasca. Terrible incluso para los dioses inmortales es este prodigio. También están allí, ocultas por negras nubes, las terribles moradas de la sombría Noche.   745

Ante estas puertas, el hijo de Jápeto sostiene de pie,
con su cabeza y sus incansables manos, el ancho cielo inmóvil, allí donde la Noche y el Día se acercan y se salu-
dan, cruzando el gran umbral de bronce: la una baja ha-   750
cia el interior, la otra se va hacia la puerta, y nunca a
ambas acoge dentro la casa, sino que siempre una de las
dos fuera de la casa da vueltas sobre la tierra, mientras la
otra, por su parte, dentro de la morada, aguarda hasta
que llegue la hora de su camino; la una ofreciendo la pe-

755

56. Si bien en Hesíodo debe de ser una simple metáfora, en su origen deriva, posiblemente, de la idea del mundo como un árbol (cf.
mitología nórdica, céltica, egipcia, babilónica...).

netrante luz a los mortales, la otra llevando en sus manos el Sueño, hermano de la Muerte, la funesta Noche, oculta en densa niebla.

760   Allí tienen sus moradas los hijos de la sombría Noche, Hipno y Tánato, terribles dioses, y nunca a ellos el brillante Helio les visita con sus rayos ni al subir ni al bajar del cielo. De éstos, el uno recorre la tierra y la ancha espalda del mar tranquilo y suave para los hombres, pero el otro, en cambio, de hierro tiene el corazón y en su pecho 765 alma de bronce despiadada alberga y retiene al que de los hombres toma en primer lugar. Es odioso incluso para los dioses inmortales.

    Allí lejos están las sonoras moradas del dios subterráneo [del robusto Hades y de la terrible Perséfone], y de-770 lante vigila un terrible perro despiadado, y que tiene artes horribles: a los que entran los saluda a la vez con la cola y con ambas orejas, pero no les deja salir de nuevo, sino que, espiando, se come al que sorprende saliendo de las puertas.

775   Allí habita una diosa odiosa para los inmortales, la terrible Estigia, hija mayor del Océano que fluye sobre sí mismo. Lejos de los dioses habita su famosa morada cubierta de grandes piedras, que con columnas de plata por todas las partes se extiende hasta el cielo.

780   Raras veces la hija de Taumante, Iris de rápidos pies, va y viene como mensajera por la ancha espalda del mar: cuando se produce una disputa o riña entre los inmortales, y si alguno de los que ocupan las moradas olímpicas miente, Zeus envía a Iris a traer de lejos el gran juramento 785 de los dioses en un cántaro de oro[57], la famosa agua fría que se desliza desde una elevada roca escarpada. En

---

57. Como cualquier joven enviada a buscar agua, pero, al ser diosa, el cántaro es de oro (cf. Paus. VIII, 18, 5). El mito debe de haber surgido como una explicación popular del arco Iris.

abundancia mana del sagrado río[58], bajo la tierra de anchos caminos, en la negra noche, un brazo del Océano y
una décima parte queda separada; a las otras nueve, ha-   790
ciéndolas girar en torno a la tierra y a la ancha espalda del
mar en plateados torbellinos, las precipita en el mar, y esa
sola fluye desde la roca, gran desgracia para los dioses. El
que de los inmortales que ocupan las cimas del elevado
Olimpo comete perjurio al derramarla yace sin aliento
hasta pasado un año y no puede acercarse a la ambrosía ni
al néctar, sino que yace sin respiración y sin voz en los ex-   795
tendidos lechos y un malvado sopor le invade[59]. Luego,
cuando cumple esa terrible enfermedad, al cabo de un
año, otro mal más penoso sucede a ése: durante nueve   800
años está privado del contacto con los dioses sempiternos
y nunca durante nueve años enteros acude al consejo, ni a
los banquetes; al décimo, de nuevo asiste a las asambleas
de los inmortales que ocupan las moradas Olímpicas. Tal   805
juramento establecieron en verdad los dioses, por la antigua agua inmortal[60] de la Estigia, que a través de una
abrupta región corre.

[Allí están las fuentes y límites de la oscura tierra, del
umbroso Tártaro, del estéril mar y del estrellado cielo, de
todos, unos tras otro, lugares terribles, mohosos, que los   810
dioses odian.]

58. Océano.
59. Puede observarse cómo la sucesión de pensamiento de 782 a 793
(disputa-riña-mentira-juramento-desgracia-perjurio) se corresponde con la lista de la progenie de Eris de 226-232: Eris (disputa)-Riñas-
Falsedades-Horco, causa de desgracia para el perjuro.
60. Probablemente conectada con la creencia de que el agua de la Estigia era un elixir de vida, como en la historia de la inmersión de
Aquiles. Hoy se dice que quien bebe agua de la Estigia arcadia en el
día correcto puede obtener la inmortalidad. Sin embargo, en la Antigüedad (cf. Paus. VIII, 17, 6 ss.) se atribuían a las aguas de esta fuente
propiedades perniciosas: quebraban el hierro y los metales, así como
la cerámica.

[Allí hay puertas de mármol y un sólido umbral de bronce natural, fuertemente asegurado, con profundos cimientos. Delante, aparte de todos los dioses, habitan los Titanes al otro lado del tenebroso abismo. Después,
815 en el fondo de Océano, están los ilustres ayudantes del resonante Zeus, Coto y Giges. A Briareo, por ser bueno, lo convirtió en yerno suyo Enosigeo y le entregó como esposa a su hija Cimopolea.]

820 [Pero cuando Zeus expulsó del Cielo a los Titanes, la inmensa tierra engendró a su hijo más joven, Tifón, en unión amorosa con Tártaro, por obra de la dorada Afrodita. Sus manos realizaban obras de fuerza e incansables
825 eran los pies del valeroso dios. De sus hombros nacían cien cabezas de serpiente, dragón terrible, aguijoneando con sus oscuras lenguas. De los ojos existentes en sus inefables cabezas, bajo las cejas, replandecía el fuego. De todas sus cabezas brotaba el fuego cuando miraban. En todas ellas había voces que lanzaban un variado rumor
830 indecible: unas veces, en efecto, emitían articulaciones, como para entenderse con los dioses[61]; otras, sonidos como potentes mugidos de un toro fuerte y arrogante; otras, de un león de despiadado ánimo; otras, seme-
835 jantes a perritos, admirables de oír, y otras, silbaba y las enormes montañas le hacían eco.

Habría sucedido un hecho extraordinario aquel día y se habría convertido en rey de mortales e inmortales, si el padre de dioses y hombres no hubiera tenido una aguda mente; pero dio un trueno duro y fuerte y de un lado y
840 otro resonaron de un modo terrible la tierra, el ancho cielo encima, el mar, las corrientes del Océano y los abis-

---

61. Hace el mismo tipo de ruido que una laringe humana, aunque la lengua que habla es la de los dioses. Los griegos pensaban que los dioses hablaban su propia lengua, particular como las diferentes sociedades de hombres y animales (cf. Platón, *Crat.* 391d ss.).

mos de la tierra. Bajo sus inmortales pies se agitaba el
gran Olimpo al levantarse el soberano y gemía la tierra.
Un calor ardiente dominaba el sombrío mar por obra de
ambos, así como por el trueno y el relámpago, el fuego   845
procedente del monstruo, los huracanados vientos y el
rayo ardiente de modo que hervían la tierra entera, el cielo y el mar. Se precipitaban de un lado a otro sobre las
costas las inmensas olas bajo el ímpetu de los inmortales
y una interminable sacudida se producía: temblaba Ha-   850
des, que gobierna sobre los muertos que están bajo tierra, y los Titanes, que en el Tártaro rodean a Crono, por
el incesante clamor y la espantosa lucha.

Pues bien, Zeus, cuando amontonó su fuerza y cogió
sus armas, el trueno, el relámpago y el resplandeciente
rayo, le golpeó saltando desde el Olimpo y quemó todas   855
las prodigiosas cabezas del terrible monstruo. Después
que lo sometió a latigazos, cayó lisiado y la monstruosa
tierra gimió[62]. Al caer fulminado el soberano, una llama-
rada surgió en las oscuras profundidades rocosas de la
montaña. Ampliamente ardía la inmensa tierra con una   860
humareda prodigiosa y se fundía como el estaño que con
arte es calentado por los trabajadores en el crisol de amplia abertura, o el hierro, que es el más resistente, sometido   865
al fuego abrasador en las profundidades de una montaña
se funde en la divina tierra[63] por obra de Hefesto; así, en
efecto, se fundía la tierra por el destello del ardiente fuego
y, afligido en su corazón, lo arrojó al amplio Tártaro.

De Tifón proceden los fuertes vientos de húmedo soplo, excepto Noto, Bóreas, Argesteo y Céfiro. Éstos son de   870

62. Los latigazos de Tifón se interpretan normalmente como una
explicación mitológica de los terremotos.
63. Los antiguos griegos, como aún hoy algunos pueblos primitivos, se servían para extraer el hierro de simples agujeros en el suelo.
Como combustible usaban el carbón de madera y activaban el fuego
con soplillos de pieles de animales.

linaje divino, gran ayuda para los mortales, pero las demás brisas soplan fortuitamente sobre el mar, unas ca-
yéndose sobre el oscuro Ponto, gran desgracia para los
875 mortales, en malvado huracán se lanzan; cada vez soplan
de modo diferente, destruyen las naves y hacen perecer a
los marineros, ¡del mal no hay liberación para los hombres que con aquéllas se encuentran en el Ponto! Otras
destruyen, a su vez, en la inmensa tierra florida los
880 amados trabajos de los hombres nacidos en la tierra, lle-
nándolos de polvo y penosa confusión.]

Una vez que los felices dioses remataron su trabajo y
decidieron por la fuerza con los Titanes sus competen-
cias, entonces, por consejo de Gea, pidieron al Olímpico
Zeus, de ancha faz, que reinara y gobernara sobre los in-
885 mortales y él distribuyó bien entre éstos las atribuciones.

[CUARTA GENERACIÓN DE DIOSES]

[Zeus, rey de los dioses, tomó como primera esposa a
Metis[64], la que más cosas conoce de los dioses y de los

64. En el proceso de composición del mito debieron sucederse varios pasos: 1.°) el nuevo rey debe pensar que va a ser depuesto por
su hijo, como sus predecesores, pero una cadena de sucesión sin fin
es ofensiva para el sentimiento religioso y en el mito griego el hijo
más fuerte que Zeus no se materializa. En la versión de Esquilo,
Zeus se entera a tiempo y no se realiza el matrimonio con Tetis (cf.
Esq. *Prom.* 755, 907, y también Pínd. *Ist.* VIII, 27). En la de Hesíodo,
el matrimonio tiene lugar, pero la esposa es tragada por Zeus antes
de que pueda dar a luz (reduplicación, pues, del motivo de Crono).
En otras fuentes (*Himn. Ap.* 338, *Il.* II, 783), el papel del hijo lo representa Tifón. Éste nace, pero Zeus es advertido a tiempo y el hijo
es eliminado antes de que crezca lo suficiente para que llegue a la
plenitud su poder. 2.°) Atenea nace tradicionalmente de la cabeza de
Zeus. Originariamente éste era un motivo independiente, conectado con la primitiva idea de cabeza como fuente de generación, paralelo al nacimiento de Pegaso y Crisaor (280) al ser cortada la cabeza de Medusa. 3.°) La identidad de la madre debe de haber sido

hombres mortales. Pero cuando estaba a punto de dar a luz a la diosa Atenea, de ojos brillantes, en ese momento, engañando dolosamente[65] su corazón con halagadoras palabras, la depositó en su vientre por consejo de Gea y del estrellado Urano. Así se lo aconsejaron ambos, para que ningún otro de los Sempiternos tuviera la dignidad real en lugar de Zeus. En efecto, estaba decretado que nacieran de ella hijos muy prudentes: en primer lugar, la muchacha de ojos verdes, Tritogenia, que es igual que su padre en fuerza y prudente decisión, y después iba a dar a luz un hijo, rey de dioses y hombres, con un corazón soberbio. Pero Zeus la depositó antes en su vientre para que le aconsejara lo bueno y lo malo.

Luego] se casó con la brillante Temis, que engendró a las Horas, Eunomía, Dike y la floreciente Irene, las cuales protegen los trabajos a los hombres mortales, y a las Moiras, a las que grandísima honra otorgó el prudente Zeus, Cloto, Láquesis y Átropo, que conceden a los hombres mortales el obtener lo bueno y lo malo.

Eurínome, hija de Océano, de muy agradable aspecto, le dio las tres Gracias, de hermosas mejillas, Aglaya, Eufrósina y la encantadora Talía. [De sus párpados se derrama, cuando miran, el amor que desata los miembros y bajo sus cejas lanzan una bella mirada.]

Después fue al lecho de Deméter, que alimenta muchos seres, la cual engendró a Perséfone, de blancos bra-

890
895
900
905
910

determinada por la de la hija: Metis era una madre apropiada para Atenea (cf. epítetos de Zeus como *metioenta*). 4.°) En correspondencia con esto, Hera, sin esposo, engendra a Hefesto.
65. Cf. Apolod. *Bib.* I, 3, 6. Metis tenía la habilidad de cambiarse en distintas formas, p. e., una vez se transformó en Tetis, la otra esposa peligrosa de Zeus. La versatilidad de ambas ninfas está conectada con su relación con el agua: Tetis es una Nereida, Metis una Oceánide. Por eso en la versión racionalista del mito se dice que posiblemente Metis se transformó en agua para huir de Zeus, y éste se la bebió.

zos, a la que Aidoneo arrebató a su madre y el prudente
Zeus se la devolvió.

915   A continuación se enamoró de Mnemósine, de hermosa cabellera, de la que nacieron las nueve Musas de
diadema de oro, a las que agradaban las fiestas y el placer
del canto.

920   Letó, uniéndose amorosamente a Zeus, portador de la
égida, dio a luz a Apolo y a la flechadora Ártemis, hijos
encantadores por encima de todos los Uránidas.

Por último, tomó por esposa a la floreciente Hera, y
ésta alumbró a Hebe, a Ares y a Ilitía, uniéndose al rey de
los dioses y hombres.

Además, él mismo hizo nacer de su cabeza a Atenea, de
925 verdes ojos, terrible, belicosa, jefe de expediciones, insaciable, venerable, a la que agradan los gritos, las guerras y
las luchas.

Hera, sin unión amorosa –se enfureció y se querelló
con su esposo–, dio a luz al famoso Hefesto, que supe-
930 ra con sus manos a todos los Uránidas. [De Anfítrite y el
resonante Enosigeo nació el inmenso y poderoso Tritón,
que, en el fondo del mar, ocupa palacios de oro[66] junto a
su madre y su soberano padre, terrible dios.

[CATÁLOGO DE HÉROES]

Con Ares, perforador de escudos, engendró Citerea
935 a los terribles Fobo y Dimo, que agitan las apretadas líneas de combate de hombres en la guerra que hiela de
pavor con la ayuda de Ares, destructor de ciudades, y
también a Harmonía, a la que el magnánimo Cadmo
hizo su esposa. La Atlántida Maya, accediendo al sagra-

66. Cf. *Il*. XIII, 21-22. Los palacios son de oro porque pertenecen a
un dios, pero también debe verse en conexión con la creencia común de que en las profundidades, inaccesibles a los hombres, hay
grandes tesoros.

do lecho, tuvo con Zeus al famoso Hermes, heraldo de los inmortales.

La cadmea Sémele, en amorosa unión con él, dio a luz 940 un hijo ilustre, Dioniso, que causa gran alegría, un inmortal siendo ella mortal. Ahora ambos son dioses[67].

Alcmena, en unión amorosa con Zeus, amontonador de nubes, alumbró al fuerte Heracles.

Hefesto, el muy famoso cojo, convirtió en su florecien- 945 te esposa a Aglaya, la más joven de las Gracias.

Dioniso, de cabellos de oro, a la rubia Ariadna, hija de Minos, la hizo su vigorosa esposa y a ésta el Cronión la hizo inmortal y exenta de vejez.

A Hebe, la hija del poderoso Zeus y de Hera, de san- 950 dalias de oro, el valeroso hijo de Alcmena de bellos tobillos, el fuerte Heracles, tras haber concluido sus funestos combates, la convirtió en su respetable esposa en el nevado Olimpo. Feliz él, que, después de haber realizado una gran hazaña, entre los inmortales habita sin dolor y sin 955 vejez por siempre.

Con el incansable Helio tuvo la famosa Oceánide Perseis a Circe y al rey Eetes. Eetes, hijo de Helio que brilla para los mortales, se casó por decisión de los dioses con 960 una hija de Océano, río perfecto, con Idía, de hermosas mejillas. Ésta, en unión amorosa con él por obra de la dorada Afrodita, dio a luz a Medea, de hermosos tobillos.]

[Alegraos ahora, vosotros que ocupáis las moradas del 965 Olimpo e islas, continentes y el salado Ponto situado en el medio. ¡Musas olímpicas de agradable voz, hijas de Zeus,

---

67. Responde a la creencia de que lo que es fulminado por el rayo se convierte en santo e imperecedero; no destruido, sino trasladado a una forma de existencia más elevada (cf. Asclepio, Faetonte...). Para otros, fue Dioniso el que, cuando mereció por sus hazañas ser divinizado, bajó a los infiernos a buscar a su madre y la trasladó al Olimpo, donde habita con el nombre de Tione.

portador de égida, cantad ahora la tribu de diosas, cuantas inmortales acostadas[68] con hombres mortales engendraron hijos semejantes a dioses!

970   Deméter, divina entre las diosas, unida amorosamente al héroe Yasio en un campo tres veces labrado[69], en la rica tierra de Creta, tuvo a Pluto, que va por toda la tierra y la ancha espalda del mar y a cualquiera que a sus manos llega rico lo hace y lo llena de felicidad.

975   Con Cadmo, Harmonía, hija de la dorada Afrodita, engendró a Ino, Sémele, Ágave, de hermosas mejillas, Autónoa, con la que se casó Aristeo, de larga cabellera, y a Polidoro, en la bien coronada Tebas.

Calírroe, hija de Océano, unida con el valeroso Cri-
980   saor, en unión amorosa por obra de Afrodita, rica en oro, dio a luz un hijo, el más poderoso de todos los mortales, Gerión, al que mató el fuerte Heracles, a causa de sus bueyes de tornátiles pies en Eritea, rodeada de corrientes.

Con Titono tuvo Eos a Memnón, de casco de bronce,
985   rey de los Etíopes, y al soberano Ematión; por otra parte, con Céfalo engendró un hijo ilustre, el valiente Faetonte, hombre semejante a los dioses. A éste, joven, en la delicada flor de su gloriosa juventud, niño de cándida simplicidad, la amable Afrodita lo subió, llevándoselo consigo

68. De la dificultad de los matrimonios entre diosas y mortales habla Calipso en *Od.* V, 118 ss. (cf. también *Himn. Ap.* 286-288), indicando que en ningún caso se permitió vivir a los hombres. En cambio, no son raros los matrimonios de mortales con ninfas (cf. *Il.* VI, 21).

69. Cf. n. 26 *supra* y *Od.* V, 127. Proyección mítica de un primitivo ritual de fertilidad en el que la magia simpática estaba unida a muchas prácticas agrícolas (cf. *Tr.* 462). El acto de arar y sembrar se consideraba análogo a la relación sexual y de ahí la metáfora. La práctica de reforzar la eficacia de la siembra con una actividad sexual simultánea, a menudo en los propios campos, está muy atestiguada. La unión de Deméter y Yasio es la correlación rítmica de un antiguo ritual agrario y por eso el hijo que nace es Pluto ('riqueza').

por los aires, y lo convirtió en servidor secreto de su san- 990
tuario en sus sagrados templos, genio divino[70].

A la hija de Eetes, rey descendiente de Zeus, el Esónida, por voluntad de los dioses sempiternos, la tomó de
Eetes, después de haber rematado funestas pruebas, que 995
en gran número le encomendó un rey poderoso y soberbio, el insolente, presuntuoso y terrible Pelias. Cuando
las terminó, el Esónida volvió a Yolco, después de muchos afanes, llevando en su rápida nave a la muchacha de
ojos vivos y la convirtió en su floreciente esposa. Enton- 1000
ces, poseída por Jasón, pastor de pueblos, dio a luz a su
hijo Medeo, al que crió en las montañas el Filírida[71] Quirón y se cumplió el plan de Zeus.

En cuanto a las hijas de Nereo, viejo del mar, Psámata,
divina entre las diosas, alumbró a Foco, unida amorosa- 1005
mente a Eaco, por mediación de la dorada Afrodita, y la
diosa Tetis, de pies de plata, sometida a Peleo, engendró
a Aquiles, de corazón de león, que rompe las filas de los
enemigos.

A Eneas lo parió la bien coronada Citerea, unida amorosamente al héroe Anquises en las cimas del escarpado 1010
Ida, azotado por los vientos.

Circe, la hija del Hiperiónida Helio, unida amorosamente al valeroso Odiseo, concibió a Agrio, el irreprochable y funesto Latino y, por obra de la dorada Afrodita,
tuvo también a Telégono, los cuales, muy lejos, en el fon- 1015
do de las islas Sagradas, gobernaban sobre los muy ilustres Tirrenos.

---

70. Faetonte, que es, primitivamente, uno de los nombres del Sol,
designa aquí a la estrella de la tarde, Venus. Por ello es descrito como
genio «nocturno» ligado a Afrodita. Este tipo de mitos reflejan, probablemente, la práctica de enterrar al rey sacerdote en el templo de
su dios, donde recibía culto como héroe. Pero para Faetonte la he-
roización puede deberse a que murió fulminado.
71. El centauro Quirón (cf. Glosario *infra*).

Calipso, divina entre las diosas, unida amorosamente a Odiseo, engendró a Nausítoo y Nausínoo.

[PROEMIO DE CATÁLOGO DE HEROÍNAS]

1020   Estas inmortales, acostadas con hombres mortales, dieron a luz a un hijo semejante a dioses. Y ahora cantad la tribu de mujeres, Musas Olímpicas, de agradable voz, hijas de Zeus, portador de la Égida.]

TRABAJOS Y DÍAS

ESTRUCTURA

A)   1-10: Proemio.

B)   11-41: Primera parte: Justicia.
                11-41: División de las Érides, advertencia a Per-
                        ses.
                42-105: Mito de Prometeo.
                106-201: Mito de las edades.
                201-213: Fábula del Halcón y el Ruiseñor.
                213-266: Invitación a la Justicia.
                267-273: Confianza del poeta en Zeus.
                274-285: Invitación a Perses a la justicia.

C)   286-764: Segunda parte: Trabajo.
                286-316: Introducción al tema.
                317-380: Consejos: conducta social (317-67), con-
                        ducta familiar (368-80).
                381-617: Calendario del labrador: Preparativos ini-
                        ciales (382-413), trabajos de otoño (414-
                        92). Trabajos de invierno (493-563). Tra-
                        bajos de primavera (564-81), trabajos de
                        verano (582-617).
                618-694: Calendario de navegación.
                695-759: Consejos: familiares (695-705), sociales
                        (706-59).
                760-764: Conclusión.

D)   765-828: Tercera parte: Días.

[PROEMIO[1]]

Musas Piérides, que dais gloria con los cantos, ea, convo-
cad a Zeus, entonando himnos a vuestro padre, por
quien ya famosos, ya desconocidos son los mortales,
pues por voluntad del magnánimo Zeus gloriosos o sin
gloria son. Zeus altitonante que habita elevadas moradas
con facilidad da el poder y con facilidad hunde a quien lo   5

1. La invocación a las Musas de Pieria, región tracia próxima al
Olimpo, en vez de a las Musas del Helicón, que fueron quienes le ini-
ciaron en la poesía (cf. *Te.* 22-34 y *Tr.* 662) ha hecho que varios comentaristas ya desde la Antigüedad duden de la autenticidad del
proemio. En el siglo III a.C. Paxífanes, peripatético, discípulo de
Teofrasto, nos cuenta que visitó el Helicón y allí los sacerdotes le
mostraron un original de Hesíodo en el que faltaba el proemio. Basándose en este testimonio, Aristarco, Crates de Malo y Plutarco
consideran falto de autenticidad el proemio. Una experiencia similar nos cuenta Pausanias en IX, 31, 4. La crítica moderna, normalmente, salvo algunas excepciones, como Wilamowitz, considera
una falsificación el texto mostrado por los sacerdotes y admite
como auténtico el proemio. Van Groningen explica la falta de conexión entre el proemio y el resto de la obra por el carácter un tanto
autónomo de los proemios.

tiene, fácilmente debilita al ilustre y engrandece al desconocido, fácilmente endereza al torcido y humilla al orgulloso.

Tú que ves y escuchas, óyeme y restablece con justicia
10 las leyes[2], que yo contaré a Perses cosas verdaderas.

[LAS DOS ÉRIDES]

No era uno el linaje de las Érides[3], sino que sobre la tierra hay dos. A una, cualquiera que llegue a comprender-
la, podría alabarla, pero la otra es muy reprochable, pues
tienen distinta naturaleza.

15 Una, horrible, engendra guerra funesta y disputa; ningún mortal la quiere, sino que a la fuerza, por voluntad
de los inmortales, honran a Eris abrumadora.

A la otra primogénita la engendró la tenebrosa Noche,
y Zeus Crónida, de alto asiento, que habíta en el Éter, la
colocó en las raíces de la tierra[4] y es más provechosa para
20 los hombres; ella despierta para el trabajo incluso al muy
holgazán, pues está ansioso de trabajo cualquiera viendo

2. Antes de que las leyes fueran escritas (o restablecidas si existie-
ron en época anterior), cada comunidad tenía sus propias costumbres o normas *(nomos)* y la idea de aquello que era correcto *(themis)*. Cuando se planteaba algún problema debían de ser los reyes,
o alguna autoridad importante quien pronunciara las *themistés*,
que, se supone, procedían de Zeus (cf. *Il.* I, 238, *Il.* IX, 97, y *Te.* n. 15
supra). El poeta pide a Zeus que haga ver el contenido de estas leyes
tergiversado por la decisión de los reyes en un anterior juicio a Perses.

3. Rectificación a *Te.* 225, donde se cita una sola, la mala. Ésta es la
opinión de críticos como Mazon, Solmsen, Verdenius y West. Sinclair niega la existencia de tal rectificación y explica el imperfecto
een en el sentido de «fue y es todavía» (cf. *Discordia* en Glosario *infra*).

4. En nuestra opinión no debe interpretarse en el sentido de ser tan
vieja como el mundo, como opina Mazon, sino como un principio
fundamental de la vida humana.

a otro rico que se apresura a cultivar, plantar y disponer la casa; el vecino envidia al vecino, que se apresura a la fortuna, pues ésta es provechosa Eris para los mortales; el ceramista está celoso del ceramista, el artista del artista, el pobre envidia al pobre y el aedo al aedo[5].

Perses[6], grábate esto en tu ánimo, y Eris, que se jacta del mal, no aparte tu voluntad del trabajo, a ti que espías prestando oídos a las disputas del ágora[7].

Escasa es la preocupación por disputas y deliberaciones en la asamblea para quien no existe dentro el anual fruto maduro que produce la tierra, el trigo de Deméter. Cuando te hayas saciado de éste podrás suscitar reyertas y disputas sobre ajenas posesiones. Pero ya no te será posible obrar de esta manera por segunda vez; decidamos, pues, de una vez la disputa con rectas sentencias[8], que por venir de Zeus son las mejores.

Pues ya partimos la herencia y apropiándote indebidamente llevaste muchas más cosas halagando a los reyes devoradores de regalos que quieren pronunciar este vere-

---

5. Posibles proverbios, que existían desde antiguo en el mundo griego. H. Lewy (*Philolol.* 58 (1899), 85) señala la existencia de proverbios similares en Egipto. Nicolai observa que se trata de un apéndice que tiene por función mostrar el carácter universal del principio de emulación. Quaglia considera estos versos de autenticidad dudosa. Aurelio Pérez señala el mismo pensamiento en el refrán español: «¿Quién es tu enemigo? El que es de tu mismo oficio». Sinclair cita otro paralelo en inglés: «Two of a trade never agree».

6. El vocativo introduce la aplicación de la verdad universal a la situación presente.

7. Cf. Instrucción Suruppak, 22-31: «no aceches donde el pueblo se pelea [...] como testigo de la pelea [...] permanece lejos de la pelea [...]». Consejo de Sabiduría: «No frecuentes el tribunal, no vagues donde hay una disputa [...] Sigue tu camino, no pares mientes en ello».

8. Cf. *Te.* 85-6. Se debe recurrir no a la justicia de los tribunales, sino a la Ley divina.

40   dicto[9]. ¡Necios!, desconocen cuánto más es mitad que
      todo, ni cuán grande provecho hay en malva y asfódelo[10].

[MITO DE PROMETEO Y PANDORA]

      Y es que los dioses mantienen oculto para los hombres
      el medio de vida, pues de otra manera fácilmente traba-
      jarías en un día de manera que tuvieras para un año aun
45   estando inactivo; al punto podrías colocar el gobernalle
      sobre el humo y cesarían las faenas de los bueyes y de los
      infatigables mulos.
         Pero Zeus, irritado en su corazón, lo ocultó porque el
      astuto[11] Prometeo le hizo objeto de burlas. Por ello ma-

9. Muchas y variadas son las interpretaciones sobre *dike* en este pasaje: Wilamowitz, Van Groningen y Nicolai lo interpretan en el sentido de *proceso*, pensando que un segundo litigio era inminente.
Mazon traduce por «justicia» y nos dice que debe interpretarse en
sentido irónico. West lo interpreta como acusativo interno, explicación de *dikassai*, 'pronunciar un veredicto'.
10. Malva y asfódelo en la Antigüedad eran considerados como alimento de pobres, sustitutos del pan, cf. Aristf. *Pluto* 543: «comer en
lugar de pan brotes de malva». Según Teofrasto, *HP* VII, 13, 3, y Pli-
nio *HN*, 21, 108, el asfódelo es una planta liliácea, cuyos granos se
tostaban, los tallos se freían y el bulbo se molía como trigo. También era apreciado como ingrediente de ensaladas y por su poder
laxante. El elogio de malva y asfódelo, según West, puede considerarse una paradoja, al igual que el oxímoron «mejor es mitad que
todo». Tal vez Hesiodo se deja influir por proverbios tomados de la
literatura del Próximo Oriente, cf. Instruc. de Amen-em-Opet 9.5-
8: «mejor es pobreza en la mano de Dios que riqueza en casa llena;
mejor es pan con feliz corazón que riqueza con vejación», o Proverbios 15, 16: «mejor es poco con el temor de Yavé, que muchos tesoros con turbación; mejor comer legumbre donde hay amor que
buey cebado donde hay odio» (más información en *RE* II, 1730-3, y
XIV, 222-7).
11. *ankylometes*: epíteto que en Homero y en *Te.* 18 se aplica a Crono, titán como Prometeo. Se alude al engaño que tuvo lugar en Mecona, donde, según *Te.* 535 ss., se reunieron dioses y hombres para
decidir su separación definitiva.

quinó penosos males para los hombres y ocultó el fuego.
A su vez, el buen hijo de Jápeto, en hueca férula[12], lo robó   50
para los hombres al prudente Zeus, pasándole inadvertido a Zeus, que lanza el rayo.

Estando irritado díjole Zeus, amontonador de nubes:

«Japetónida, conocedor de los designios sobre todas las cosas, te regocijas tras robarme el fuego y engañar mi   55
mente, gran pena habrá para ti mismo y para los hombres venideros. A éstos, en lugar del fuego, les daré un mal con el que todos se regocijen en su corazón al acariciar su mal».

Así dijo y rompió a carcajadas el padre de dioses y hombres y ordenó al ilustre Hefesto[13] mezclar lo más pronto posible la tierra con el agua, infundir voz y fuerza   60
humana y asemejar en su rostro a las diosas inmortales, a una hermosa y encantadora figura de doncella. Luego dio órdenes a Atenea para que le enseñase sus obras, a tejer la tela trabajada con mucho arte, y a la dorada Afrodita[14] para que derramase en torno a su cabeza   65
za encanto, irresistible sexualidad y caricias devorado-

---

12. *nártheki:* planta umbilífera, cuyo tallo tiene una médula blanca y seca que arde lentamente sin apagarse. Según glosa de Hesiquio, se empleaba para transportar el fuego de un lugar a otro. Éste fue precisamente el sistema empleado en los Balcanes hasta el siglo XIX para conservar el fuego (cf. Frazer «Myths of the origin of fire» en su edición de la *Biblioteca* de Apolodoro [2 vols., 1921], pp. 326-50 vol. 2).

13. Algunos comentaristas señalan que la alfarería y el modelado eran extraños a Hefesto. Su presencia se debe (Verdenius) a que Prometeo (encargado de ella) no puede actuar en este contexto, o también a que Hefesto es considerado la personificación del fuego. La idea de ser humano hecho de tierra y agua aparece ya en Homero *Il.* VII, 99: «ojalá os volvierais agua y tierra».

14. En la *Teogonía* sólo toman parte en la creación de la mujer Hefesto y Atenea, pero aquí el autor introduce dos nuevas divinidades: Afrodita y Hermes, que se encargan de hacerla atractiva.

ras de miembros y a Hermes, mensajero Argifonte, le
ordenó infundir cínica inteligencia y carácter voluble[15].

Así dijo y ellos obedecieron al soberano Zeus Crónida.
70 Al punto el ilustre cojo, según las órdenes del Crónida, modelo de la tierra[16] un ser semejante a una ilustre
doncella y la diosa Atenea, de ojos garzos, la ciñó y embe-
lleció; las divinas Gracias y la soberana Persuasión coloca-
75 ron en torno a su cuello áureos collares y con primaverales
flores la coronaron las Horas de hermosa cabellera; [Palas
Atenea adaptó todo tipo de adornos a su piel;[17]] y después
el mensajero Argifonte tejió en su pecho mentiras, palabras seductoras y voluble carácter por voluntad del reso-
80 nante Zeus; a continuación, el heraldo de los dioses le infundió voz[18] y llamó a esta mujer Pandora[19], porque todos
los que habitan en las moradas olímpicas le dieron un don,
sufrimiento para los hombres, comedores de pan.

Después que terminó el arduo engaño, contra el que
nada se puede hacer, el padre envía hacia Epimeteo con el

15. Cf. Platón, *Ley.* 781a, donde compara la mujer con el hombre y
dice que es «más furtiva, más astuta y peor ante la virtud». Los epítetos aplicados a Hermes son los más oscuros que se le atribuyen.
16. Al igual que en *Te.* 571, no menciona el agua, como hizo en el
v. 61. Tal vez, como indica Verdenius, porque la tierra es la primera
sustancia.
17. Se consignan entre corchetes los pasajes, versos o palabras de
autenticidad discutida. Esta indicación no concierne a los epígrafes
en mayúsculas.
18. Numerosos críticos han considerado este verso espúreo. Bentley,
Rzach y otros lo atetizan basándose en que ya en el v. 61 Hefesto recibió
la orden de darle voz. Esto se puede salvar si, como opinan Lendle, Mazon y Verdenius, damos un valor diferente a cada una de las palabras.
Lendle: *aude* = aparato vocal, *tone* = elocuencia; Mazon: *aude* = voz,
tone = palabra, y Verdenius: *aude* = voz articulada, *tone* = voz sonora.
19. Pandora originariamente fue un epíteto de la madre tierra «da-
dora de todo», y aparece representada en varios vasos saliendo de la
tierra. Después fue considerada mensajera de la tierra y, como la tierra, prototipo de la mujer. Cf. Paus. I, 24, 7.

regalo al ilustre Argifonte, rápido mensajero de los dio- 85
ses, y Epimeteo no recordó que Prometeo le había dicho
que no aceptase jamás un regalo de parte de Zeus Olímpico, sino que lo devolviese al punto para que no llegase
algún mal a los mortales; después que lo recibió, cuando
tenía el mal, se dio cuenta.

Antes vivían sobre la tierra las tribus de los hombres 90
sin males, sin arduo trabajo y sin dolorosas enfermedades
que dieron destrucción a los hombres [que al punto en la
maldad los mortales envejecen][20]. Pero la mujer, quitan-
do con las manos la gran tapa de la jarra, los esparció y
ocasionó penosas preocupaciones a los hombres[21]. Sola 95
allí permaneció la esperanza[22], en infrangible prisión

20. Este verso en unos manuscritos aparece citado al margen, en
otros dentro del texto. Se trata de un verso idéntico a *Od.* XIX, 360.
Lehrs (en *Quaest. Epicae*, p. 229) lo explica por una lectura errónea
de *geras* muy similar a *keras* del verso anterior.
21. En este mito se pueden ver reminiscencias orientales; al igual
que Eva, Pandora es el origen de los males humanos. Mayor semejanza puede verse aún en la historia de los hermanos Anubis y Bata,
que se conoce por un manuscrito egipcio de 1225 a.C. Según ésta, la
esposa de Anubis acusa a Bata de seducirla; éste decide retirarse al
valle del Cedar y el dios Ra, para premiar su inocencia, ordena a Kh-
num (Hefesto en Hesíodo) hacerle una mujer de miembros más
hermosos que ninguna otra. El final de la historia es que también la
mujer acarrea un gran número de males a Bata, aunque al final
triunfa él (cf. Walcot, *Hesiod and the Near East*).
22. Numerosas son las interpretaciones dadas sobre la permanencia
de la esperanza; según Verdenius, pueden agruparse en dos tipos: a) los
que creen que sirve para guardar la esperanza para los hombres, en este
caso la jarra sería la despensa; b) aquellos que opinan que es para ale-
jarla de los hombres, en este caso la jarra sería una prisión. Por otra
parte, *elpis* puede ser considerada: a) *un bien,* consuelo para los
hombres en su miseria. Esto plantea el problema de su presencia
donde sólo hay males y hace pensar en un cruce de dos historias, cf.
Il. XXIV, 527, donde se nos dice que Zeus tiene dos toneles, uno de
males y otro de bienes; b) *un mal* que se conserva para el hombre,
pero esto parece absurdo, pues si cerrar la jarra supone conservar
los males, no se entiende cómo, según Hesíodo, los males se extien-

bajo los bordes de la jarra, y no voló hacia la puerta, pues
antes se cerró la tapa de la jarra [por decisión del portador
100 de la Égida, amontonador de nubes]. Y otras infinitas pe-
nalidades estaban revoloteando sobre los hombres, pues
llena de males estaba la tierra y lleno el mar; las enfermedades, unas de día, otras de noche, a su capricho van y
vienen llevando males para los mortales en silencio, pues
el providente Zeus les quitó la voz; de esta manera ni si-
105 quiera es posible esquivar la voluntad de Zeus[23].

[MITO DE LAS RAZAS]

Si quieres ahora, con todo detalle te contaré otro relato[24] y tú grábate en tu mente [cómo dioses y hombres
han llegado a ser del mismo origen][25].

den al abrirla. Ante este cúmulo de explicaciones, Verdenius da una,
un tanto ingeniosa para él: *elpis* no significa 'esperanza', sino 'espera', por lo que, al quedar dentro de la caja, los hombres recibirían los
males sin esperarlos.
23. Para cerrar esta parte, Hesiodo repite la misma idea de *Te.* 613,
pero aquí con sentido menos preciso.
24. *hetéron:* diversas y variadas son las especulaciones sobre la conexión entre esta historia y la anterior. La solución puede estar,
como afirma West, en negar la conexión. Hesiodo conoce otra historia sobre el paso del hombre del paraíso original a la presente miseria y decide contarla a continuación en este poema (lo mismo opina Fontenrose, *CP 69*, 1974). Hay que pensar que Hesiodo no es un
simple contador de historias y que el nuevo relato debe de tener un
propósito especial. Hesiodo trata de explicar el origen del mal, no su
desarrollo, y puede tratar de explicarnos que el castigo divino se debe
no sólo a la conducta de Prometeo, sino también a la conducta general de los hombres (Verdenius). Así, según el mismo autor, la historia
de Prometeo puede considerarse la parte *protéctica* del poema (exhortación al trabajo) y el mito de las edades la *aprotéctica* (para evitar hacer injusticia).
25. La autenticidad de este verso ha sido puesta en duda por Mazon
y otros, porque piensan que la idea de un origen común de dioses y
hombres no tiene consistencia si se nos habla de que los dioses han

En un primer momento los inmortales que habitaban   110
las moradas olímpicas crearon una raza áurea de hombres mortales. Éstos existían en época de Crono, cuando
él reinaba sobre el Cielo[26], y vivían como dioses con un
corazón sin preocupaciones, sin trabajo y miseria, ni siquiera la terrible vejez estaba presente, sino que siempre
del mismo aspecto en pies y manos se regocijaban en los   115
banquetes lejos de todo mal, y morían encadenados por
un sueño[27]; tenían toda clase de bienes y la tierra de ricas
entrañas espontáneamente producía mucho y abundante
fruto; ellos tranquilos y contentos compartían sus trabajos con muchos deleites[28].

Después que la tierra sepultó esta raza, ellos, por deci-   120
sión del gran Zeus, son démones[29], favorables, terrenales,

creado a los hombres. Wilamowitz la conserva y señala que la inten-
ción del poeta es mantener el orden tradicional de la historia. Esta
teoría se puede ver ratificada en la corrección que propone García
Calvo en *Emerita* 23 (1955): «dioses y hombres mortales tuvieron
un mismo origen».

26. Solsmen (*HSPC* 86, 1982) piensa que este verso interfiere con el
anterior: «los Inmortales que tienen las moradas olímpicas», que serían Zeus y el resto de los Olímpicos. West salva el problema pensando que Hesíodo combina, por un lado, el mito de las edades y,
por otro lado, el mito que creía en la existencia de una vida feliz en
época de Crono, relacionado con las Cronías, festival que se celebra
después de las cosechas.

27. *Hypnos* en *Te.* 756 se presenta como hermano de la muerte. Esta
misma idea la tenemos ya en Homero *Il.* XIV, 231, y *Od.* XVIII, 202
ss., e incluso en autores posteriores (Hrdto. I, 31, 3-5, Esq. *Ag.* 451),
donde vemos cómo la forma ideal de muerte era morir durante el
sueño.

28. West, en su edición, cita el verso 120, que aparece citado en Diodoro: «Ricos en rebaños gratos a los dioses bienaventurados». Dicearco, en su interpretación racionalista, lo ignoró, pues su raza de
oro no tiene animales ni riquezas.

29. En Homero la palabra *daimon* fue utilizada como sinónimo de
theoi, sobre todo en singular, y como responsable del bien de los
hombres. Hesíodo lo aplica ya a las divinidades menores. Puede tra-

guardianes de hombres mortales [ellos vigilan las senten-
125   cias y las funestas acciones, yendo y viniendo por todas
las partes en la tierra, envueltos en bruma[30]], dispensado-
res de riqueza, pues también obtuvieron este don real.

A continuación, una segunda raza mucho peor, de plata, crearon los que habitan las moradas olímpicas, en
130   nada semejante a la de oro en cuanto a naturaleza e inteligencia; pues durante cien años[31] el niño crecía junto a su
prudente madre, retozando de manera muy infantil en su
casa, y cuando les había alcanzado la pubertad y le llegaba
la edad de la juventud, vivían durante muy poco tiempo,
135   con sufrimientos por falta de experiencia, pues no podían
apartar unos de otros la temeraria hybris, ni querían ren-
dir culto a los Inmortales ni sacrificar sobre los sagrados
altares de los Bienaventurados, como es norma para los
hombres, según sus costumbres. A éstos, después, Zeus
Crónida, irritado, los hizo desaparecer porque no honra-
ban a los bienaventurados dioses que habitan el Olimpo.
140   Luego, después que la tierra sepultó a esta raza, éstos,
subterráneos, se llaman bienaventurados mortales, inferiores; a pesar de todo, también a éstos acompaña el honor.

tarse de una interpretación de acuerdo con las creencias populares
en los Trolds, demonios, etc. Cf. Lasso de la Vega, *Introducción a
Homero*, p. 267.
30. Faltan en algunos papiros, no los citan Plutarco, Proclo ni Ma-
crobio. Solmsen y Mazon los ponen entre corchetes porque se repiten en 254-5; no es razón suficiente para suponer una introducción
posterior, ya que Hesíodo tiene otras repeticiones.
31. Cf. Génesis, allí la primera raza vive en torno a los 960 años
(Matusalén); esta raza fue destruida por el diluvio y en la siguiente
limitan la vida a los 120 años, edad similar a la que Hesíodo da a los
hombres de plata; él no da edad a los hombres de oro. Por lo que respecta a la educación junto a sus madres, Proclo lo compara con Platón, *Ley.* 694c, cuando habla de la debilidad de los hijos de Darío,
causada por ser educados junto a sus madres.

El padre Zeus creó otra tercera raza de hombres mortales, de bronce, en nada semejante a la de plata, nacida de los fresnos[32], terrible y vigorosa; a éstos les preocupaban las funestas acciones de Ares y los actos de violencia; no se alimentaban de pan, pues tenían valeroso corazón de acero. [¡Rudos!, gran fuerza y terribles manos nacían de sus hombros sobre robustos miembros.]   145

Broncíneas eran sus armas, broncíneas sus casas y con bronce trabajaban, pues no existía el negro hierro. Sometidos por sus propias manos descendieron a la enmohecida morada del horrible Hades en el anonimato, pues, aunque eran brillantes, también les sorprendió la negra muerte y dejaron la brillante luz del sol.   150   155

Después que la tierra sepultó esta raza[33], de nuevo Zeus Crónida, sobre la fecunda tierra, creó una cuarta, más justa y mejor[34], raza divina de héroes que se llaman semidioses, primera especie en la tierra sin límites. A éstos la malvada guerra y el terrible combate los aniquilaron, a unos luchando junto a Tebas, de siete puertas, en la tierra Cadmea, por causa de los hijos de Edipo; a otros, conduciéndoles en naves sobre el abismo del mar hacia Troya, por causa de Helena de hermosa cabellera. [Allí realmente la muerte envolvió a unos;] a otros el padre Zeus, proporcionándoles vida y costumbres lejos de los hombres, los estableció en los confines de la tierra. Éstos,   160   165   170

32. *ek melian.* El uso de esta forma hace pensar a West que el autor, al componer el pasaje, piensa en las *ninfas meliadas.*
33. Se repite el v. 121 y 140, pero aquí el poeta lo utiliza como nexo para pasar a la raza siguiente.
34. *areion,* mejor en el sentido moral, frente al sentido social del v. 193 o físico del v. 207. Hesíodo interrumpe la degeneración intentando demostrar principalmente a los reyes que la guerra no estaba ausente de esta generación, pero que en conjunto era más justa y la desaparición de la justicia es el peligro más serio del mundo presente y futuro.

con un corazón sin preocupaciones, viven en las islas de
los bienaventurado[35], junto al profundo Océano, héroes
felices; para ellos la tierra rica en sus entrañas produce
173 a-e fruto dulce como la miel que florece tres veces al año. [Lejos de los Inmortales entre éstos reina Crono.]

Pues el propio] padre de hombres y [dioses] lo libró y
ahora siempre] entre éstos tiene honor [como conviene.
Y Zeus a su vez] otra raza [colocó de hombres mortales
cuantos ahora] existen sobre [la tierra rica en frutos].

Y después no hubiera querido yo estar entre los hom-
175 bres de la quinta raza, sino que hubiera querido morir antes o nacer después. Pues ahora existe una raza de hierro;
ni de día, ni de noche cesarán de estar agobiados por la fatiga y la miseria; y los dioses les darán arduas preocupaciones. Continuamente se mezclarán bienes con males.

180   Zeus destruirá también esta raza de hombres mortales, cuando al nacer resulten encanecidos[36]. El padre no
será semejante a los hijos, ni los hijos al padre; el huésped
no será grato al que da hospitalidad, ni el compañero al
compañero, ni el hermano al hermano, como antes[37].

185   Despreciarán a los padres tan pronto como lleguen a la
vejez; los censurarán hablándoles con duras palabras,
faltos de entrañas, desconocedores del temor de los dioses; no podrán dar el alimento debido[38] a los padres que

35. Madeira o Canarias.
36. Wilamowitz señala el contraste con la edad de plata en que eran
niños durante toda su vida. No parece acertado relacionar este pasaje con Diodoro Sículo, 5, 32, que recoge una noticia sobre el color
claro de los niños celtas.
37. Conceptos similares aparecen en *Ancient Near Eastern texts,*
J. B. Pritchard (ed.) (Princeton, 1969), y en el Antiguo Testamento:
Isaías, 3, 5; Miqueas, 7, 2, así como en el Mahabharata, 3, 189.
38. Jaeger, en *Paideia,* observa que este pasaje se refiere a las tres
principales leyes *agrafoi* de respeto a padres, dioses y extranjeros; su
formulación como código tripartito no aparece antes de Esquilo
(*Sup.* 701-9, en boca del coro).

envejecen éstos [para quienes la fuerza es justicia; uno
ejercerá el pillaje sobre la ciudad del otro; no habrá consi-   190
deración del que es fiel al juramento, no del justo ni del
bueno; estimarán más al malhechor; la violencia y la justicia estarán en las manos; no habrá respeto; el malvado
dañará al hombre bueno increpándole con palabras de
franqueza y jurará un juramento.

La destructora envidia de mirada siniestra, que se   195
alegra del mal ajeno, seguirá a todos los hombres mal-
vados.

Entonces hacia el Olimpo desde la ancha tierra, cubriendo su suave piel con blancos vestidos, se dirigirán
Aidós y Némesis[39], en medio de la multitud de los in-   200
mortales, tras abandonar a los hombres; sólo penosos
dolores quedarán para los mortales; no habrá remedio
para el mal.

[FÁBULA DEL HALCÓN Y EL RUISEÑOR[40]]

Ahora diré una fábula a los reyes, aunque sean sabios.
Así habló el halcón al ruiseñor de abigarrado cuello,
mientras lo llevaba muy alto en las nubes tras haberlo
capturado con sus uñas; éste, atravesado por las curvadas   205
uñas, miserablemente se lamentaba; aquél, de manera al-
tiva, le dijo estas palabras:

---

39. Cf. Glosario *infra*.
40. La fábula del Halcón y el Ruiseñor continúa el tema de *Dike* y de
Hybris. Este tipo de fábulas tiene antecedentes en la literatura sume-
ria y babilonia del segundo milenio y también en la literatura hebrea. Junto con el mito de las cinco edades forma la base para la ad-
monición dirigida a Perses (v. 213) y a los jueces (v. 248). No son
paralelas ambas historias porque en el mito de las edades reciben
males tanto el hacedor de males como la víctima y en la fábula sólo
el débil. Según Verdenius, los animales no conocen la *dike* y los jueces han llegado a tal grado de olvido que llegan a parecer salvajes
como los animales.

«Infeliz, ¿por qué estás chillando?[41]. Ahora te tiene uno mucho más fuerte, de esta manera irás por donde yo te lleve, por muy cantor que seas, y te comeré, si quiero,
210 o te soltaré. ¡Insensato quien quiera compararse a los más poderosos! Se priva de la victoria y además de infamias sufre dolores».

Así dijo el halcón de vuelo rápido, ave de amplias alas.

Perses, tú escucha el recto proceder y no hagas crecer la soberbia, pues la soberbia es mala para el infeliz
215 mortal; ni siquiera el noble puede soportarla con facilidad, sino que se agobia bajo ella al encontrarse con el desastre; pero hay un camino mejor: pasar desde la otra parte a lo justo; pues justicia prevalece sobre desmesura cuando llega su momento y el necio aprende sufriendo.

Al punto, junto con torcidas sentencias, corre jura-
220 mento y hay lamento cuando justicia es arrastrada, allí por donde la conducen hombres devoradores de regalos y juzgan las normas con torcidas sentencias; ella sigue lamentándose de la ciudad y de las costumbres de los pueblos, cubierta de bruma, portando mal para los hombres[42] que la rechazan y no la distribuyen equitativamente.

225   [43] Para estos que dan sentencias equitativas a indígenas y extranjeros y que no quebrantan lo justo, la ciudad es

41. *lelekas:* usado en Homero, *Il.* XXII, 141, aplicado a un halcón, su uso en este texto parece sarcástico, el halcón trata a su víctima como un serio enemigo.

42. Formado en parte del v. 103 y en parte del v. 125, Mazon y Sinclair lo atetizan, el primero porque dice que es Zeus, no *Dike*, quien trae el castigo para el hombre; el segundo dice que es raro hablar de una divinidad trayendo males para la ciudad. West señala que el contexto requiere la mención de castigo.

43. Comienza la exposición de la ciudad justa e injusta. Tiene paralelismo en su concepción y contenido con la literatura semítica y hebrea (cf. Levítico, 26; Deuteronomio, 28, consejos a un príncipe).

floreciente y los habitantes prosperan en ella; la paz, no-
driza de la juventud, está sobre la tierra y jamás Zeus, de
amplia mirada, les decreta funesta guerra; jamás hambre   230
ni destrucción acompañan a los hombres de equitativa
justicia, sino que en las fiestas gozan de los frutos que han
cultivado. La tierra les produce abundante alimento y en
los montes la encina produce bellotas[44] en su copa y abejas en el centro; lanudas ovejas están agobiadas con sus
vellones; las mujeres engendran hijos que se parecen a   235
sus padres y continuamente abundan en bienes, y no tienen que viajar sobre naves, pues la tierra de ricas entrañas les produce fruto[45].

Pero a quienes preocupa malvada desmesura y funestas acciones, para éstos el Crónida de amplia mirada
asigna justicia. Pues muchas veces toda una ciudad par-   240
ticipa de la suerte de un hombre malo que es culpable y
maquina locuras[46]. Para éstos desde el cielo el Crónida
hizo descender gran sufrimiento, peste y hambre por
igual y las gentes perecen; [las mujeres no engendran, los
hogares se aniquilan por la sagacidad de Zeus Olímpico,   245
pero otras veces] el Crónida los hace perecer, o bien les

44. Las bellotas en Homero, así como en pasajes del Antiguo y
Nuevo Testamento, se consideraban alimento de cerdos. Hesiodo
parece darles más valor. Arqueología y leyenda dan testimonio de
que, en el Neolítico, en Tesalia y Arcadia eran de uso común antes
del cultivo de los cereales (cf. Dicearco, frgs. 48-9; Lucrecio, 5, 939;
Virgilio *Geórgicas,* I 8, etc.). En época histórica las comían quienes
no tenían otro alimento; según el oráculo pítico, eran el alimento
de los arcadios (Hrdto. I, 66). Hipócrates refiere sus efectos en el
intestino.
45. Nos dice que eran económicamente autosuficientes y que no
necesitaban arriesgar su vida en barcos mercantes. Descripción similar a la vida de los hombres de la edad de oro (vv. 116-9).
46. Los escoliastas citan como ejemplo de castigos que afectan a
toda la población por culpa de un solo hombre los casos de Edipo de
Tebas y Agamenón de Troya.

destruye el amplio ejército, o las murallas, o las naves en el Ponto[47].

250 Reyes, considerad vosotros mismos también esta justicia, pues de cerca, estando entre los hombres, los inmortales vigilan a cuantos en tortuosas sentencias se consumen unos y otros sin preocuparse del castigo de los dioses[48]. Pues sobre la tierra rica en fruto treinta mil son los inmortales, por orden de Zeus, vigilantes de los hombres mortales; éstos vigilan sentencias y funestas accio-255 nes cubiertos de bruma, yendo y viniendo sobre la tierra por todas partes[49].

Existe una virgen, Dike[50], hija de Zeus, majestuosa y respetable para los dioses que habitan el Olimpo; cuando alguien, despreciándola con torcidas sentencias, la daña, al 260 punto sentada junto a Zeus, padre Crónida, canta la manera de pensar de hombres injustos para que el pueblo pague las locuras de los reyes, quienes maquinando cosas terribles desvían el veredicto hablando de manera tortuosa. Vigilando esto, reyes devoradores de regalos, enderezad los veredictos y olvidad las sentencias tortuosas en su totalidad.

265 Un hombre, maquinando males para otros, los maquina para sí mismo, y una mala decisión es malísima para quien la toma.

---

47. La descripción de «dicha a los pueblos justos» y de «castigo a los criminales» se ordena según un tipo tradicional que se encuentra en *Od.* XIX, 104-114, y, después de Hesiodo, en Esq. *Sup.* 625 ss.; *Eum.* 916 ss.; Calímaco, *Himno a Ártemis,* e incluso en historiadores como Hrdto., III, 65, 6. En todos ellos hay una división en tres partes: hombres, casas y rebaños, pero, según los casos, se insiste en uno de los temas.
48. Estos vigilantes a los que alude Hesiodo son similares a quienes supervisan los contratos en nombre de Mitra en el Avesta y Mitra Varuna en los Vedas. Se puede considerar una tradición indoeuropea.
49. Cf. vv. 124-5.
50. Cf. Glosario *infra.*

El ojo de Zeus, que todo lo ve y todo lo comprende, también, si quiere, ve esto y no le pasa inadvertida qué clase de justicia la ciudad encierra dentro. Pero ahora ni 270 yo mismo sea justo entre los hombres, ni mi hijo, puesto que es malo ser hombre justo, si el injusto va a tener mayor justicia. Mas espero que en modo alguno el providente Zeus cumpla esto.

Perses, grábate esto en tu corazón, presta atención a 275 la justicia y olvida por completo la violencia. Pues el Crónida puso esta norma para los hombres: para peces, fieras y pájaros voladores comerse unos a otros, puesto que no hay justicia en ellos, pero a los hombres les dio justicia que es más provechosa; pues si alguien, 280 una vez que las conoce, quiere proclamar las cosas justas, a ése Zeus de amplia mirada le da felicidad, pero quien en sus testimonios se engañe perjurando voluntariamente y al mismo tiempo dañando a Dike, se extravíe de manera incurable; detrás de ése ha quedado una descendencia desconocida, mientras que detrás 285 de un hombre fiel al juramento queda una descendencia mejor[51].

[EL TRABAJO, SUPERIORIDAD SOBRE EL OCIO]

Gran insensato Perses, te hablaré tomando en consideración cosas nobles; es posible elegir con facilidad miseria, incluso en tropel; el camino es llano y habita muy cerca; en cambio, delante de la prosperidad[52] los dioses inmortales pusieron sudor y largo y empinado 290 es el camino hacia ella, incluso arduo al principio, pero

---

51. Alusión al mito de las edades.
52. *Kakotes* y *areté*, tomados no en el sentido de *vicio* y *virtud*, sino en el de clase superior e inferior de la sociedad, determinada por la prosperidad material.

cuando se llega a la cima, después es fácil, aunque sea duro[53].

295   Pues el mejor es quien, reflexionando consigo mismo, comprende todo lo que después, incluso al final, será lo mejor y, a su vez, también bueno aquel que obedece al que bien le aconseja, pero quien ni reflexiona por sí mismo, ni oyendo a otro lo toma en consideración, éste, por el contrario, es hombre inútil.

Pero recordando en todo momento nuestra recomendación, tú, Perses, descendencia divina[54], trabaja para que
300   hambre te odie y la venerable Deméter, de hermosa corona, te sea grata y llene tu granero de riqueza, pues hambre es siempre compañía adecuada al hombre inactivo, y dioses y hombres se irritan con este que vive inactivo, semejante en
305   su actividad a los zánganos sin aguijón, que, comiendo sin trabajar, esquilman el fruto del trabajo de las abejas. Sea grato para ti organizar de forma mesurada las acciones, de modo que se llenen los graneros de fruto maduro.

A partir de los trabajos los hombres son ricos en rebaños y en oro; y si trabajas serás mucho más grato para los
310   inmortales y [para los mortales, pues muchos desprecian a los inactivos].

Nada reprochable es el trabajo, muy reprochable es la inactividad. Pero si trabajas rápidamente, el hombre inactivo te envidiará a ti que te enriqueces, pues éxito y prestigio acompañan a la riqueza.

53.   Como señalan Martínez Díez y Pérez Jiménez (ob. cit. en Bibl.), este concepto es una de las grandes aportaciones a la poesía filosófica de Parménides y Empédocles y a la prosa de Heráclito. Sin duda también lo tiene en cuenta Simónides (frg. 74 Page).
54.   Una lectura equivocada de este pasaje ha llevado a la suposición de que el padre de Hesiodo y Perses se llamaba «Dios». Proclo piensa que hace referencia a Orfeo y Calíope como padres divinos de los dos hermanos. Asimismo, puede tratarse de un título simplemente honorífico, como ocurre con Eumeo en la *Odisea*. Sinclair opina que puede tratarse de un uso irónico.

En la suerte en que estás el trabajar es más provechoso;
si es que apartando el voluble ánimo de las riquezas aje-   315
nas ya quieres procurarte el sustento, como te ordeno.

Vergüenza no buena embarga al hombre necesitado,
vergüenza que mucho daña o aprovecha a los hombres[55];
vergüenza unida a miseria, igual que arrogancia a riqueza.

No se trata de arrebatar las riquezas, los dones dados   320
por los dioses son mucho mejores[56]; pues si alguien con
sus manos adquiere a la fuerza una gran fortuna, o se la
procura por su lengua, como sucede muchas veces, cuando el deseo de ganancia engaña las mentes de los hombres y desvergüenza ahuyenta a honradez, fácilmente los   325
dioses le debilitan y arruinan la casa de ese hombre; y por
poco tiempo le acompaña felicidad.

De la misma manera, con quien hace mal al suplicante
y al huésped, con quien sube al lecho de su hermano [en
oculta unión con su esposa, haciendo cosas infames],
con quien con insensatez causa daño a los hijos huérfa-   330
nos de éste y con quien censura a su anciano padre en el
triste umbral de la vejez increpándole con duras palabras, con éste realmente el mismo Zeus se indigna y al
fin, en vez de las obras injustas, le prepara duro castigo.
Aparta tú de una vez tu voluble ánimo de esto[57].   335

---

55. Condenado por Aristarco, Mazon lo atetiza y dice que se trata
de un préstamo de *Il.* XXIV, 45.

56. Esta misma idea se encuentra en Instruc. de Amen-em-Opet, 8,
18 ss.: «mejor es una fanega que el dios da que cinco mil por la fuerza; éstas no permanecerán ni un día en el granero». Cf. también Solón, frg. 1 D, 9 ss.; Teognis, 197- 202; Pínd. *Nemea*, 8, 17.

57. Hesíodo no perfila una clara distinción entre moralidad y religión. Se mencionan juntos el deber de honrar a los padres y a los
dioses. Por eso un pasaje sobre descuido de los deberes sociales
puede ir acompañado de uno sobre observancia de los deberes religiosos. Castigo y recompensa son aspectos complementarios del
mismo poder y son enfatizados alternativamente según se trate de
exhortación o de prohibición.

En la medida de tus posibilidades, de manera respe-
tuosa y sin contaminación, haz sacrificios a los dioses inmortales y quema en su honor espléndidos muslos; otras
veces háztelos propicios con perfumadas libaciones, bien
340 cuando te acuestes, bien cuando llegue la luz del día para
que tengan corazón y ánimo favorable para ti y compres
la herencia de otro y no otro la tuya.

Invita al amigo a la mesa y deja al enemigo; invita principalmente al que vive cerca de ti, ya que, si se presenta
345 alguna dificultad local, los vecinos acuden sin ceñirse,
pero los parientes han de ceñirse[58].

El mal vecino es una calamidad; en cambio, el bueno es
una suerte; tiene premio quien tiene un buen vecino; no
te perecería el buey si no tuvieras mal vecino[59]. Mide con
exactitud lo que tomas prestado del vecino y devuélvese-
350 lo en la misma medida, e incluso más si puedes, para que,
si vuelves a tener necesidad, también después encuentres
lo suficiente. No saques provecho de los males; las malas
ganancias son iguales a los infortunios.

Muestra aprecio al que te aprecia y acércate al que se
355 acerque a ti; da a quien te dé y no des a quien no te dé;
cualquiera da al dadivoso, pero nadie da a quien no regala con gusto; la dádiva es provechosa, pero la rapiña es
malvada, dispensadora de muerte; cualquier hombre que
dé de buen grado, éste mucho se alegra con la dádiva y se
regocija en su ánimo, pero si alguien, obedeciendo a des-
360 vergüenza, cometiese acto de rapiña, aunque sea poco,
eso le hiela el corazón.

58. Con ello nos indica que el vecino, por estar más cerca, acude al
momento tal y como se encuentra, en cambio el pariente, si vive lejos, ha de arreglarse.
59. Alusión a la costumbre de Cime, según la cual un hombre que
había sido víctima de un robo era compensado por sus vecinos. Cf.
el refrán español «Quien ha buen vecino, ha buen amigo».

Pues si amontonas poco sobre poco y con frecuencia haces esto, rápidamente eso será grande; quien amontona sobre lo que existe, éste evitará hambre ardiente.

No preocupa al hombre esto que está en casa; es mejor que esté en casa, pues lo de fuera es nocivo.   365

Es bueno coger de lo que está presente, pero malo para el ánimo tener necesidad de lo ausente; te pido que consideres estas cosas.

[CONSEJOS DE ADMINISTRACIÓN]

Sáciate cuando comiences y cuando termines la tinaja, ahorra cuando esté a mitad, pues el ahorro, cuando se   370
llega al fondo, es despreciable[60].

[Sea suficiente el salario convenido con el amigo; con el hermano, aunque bromeando, prepara testigo[61], pues realmente por igual confianza y desconfianza destruyen a los hombres.]

No engañe tu mente una mujer de trasero emperifollado, susurrando palabras seductoras mientras busca tu granero[62]; quien confía en una mujer, ése confía en los la-   375
drones.

---

60. Otra serie de máximas relativas a la buena economía. El *pithos* en otro tiempo se utilizaba para contener vino y se decía que el vino en el medio de la vasija era mejor que el del comienzo, porque a éste lo estropeaba el aire, y también mejor que el del fondo, que se estropeaba con los posos.

61. Cf. el refrán español «Entre dos hermanos, dos testigos y un notario», y Proverbios, 17-8: «Es necio el que estrecha la mano empeñándose por otro». Estos versos se introdujeron en época tardía, pero se han conservado en Proclo desde la Antigüedad.

62. Cf. *Te.* 598-9; enfatiza sobre la glotonería de la mujer y mantiene ante ella una actitud crítica. Con su «quien confía en mujer confía en engañador», anticipa a Semónides (cf. n. 51a *Te., supra).*

Ojalá exista un solo hijo para mantener el patrimonio, pues así aumentará la riqueza de la casa; pero ojalá mueras anciano, caso de dejar otro hijo[63]. Con facilidad Zeus
380 podría proporcionar inmensa fortuna para muchos, pues mayor es el cuidado de los más y mayor el rendimiento.

[TRABAJOS DEL CAMPO]

[PROEMIO]

Si en tu mente el espíritu está ansioso de riqueza, obra así y realiza trabajo después de trabajo.

Comienza la siega cuando nazcan las Pléyades engen-
385 dradas por Atlas y la siembra cuando se pongan, pues están ocultas durante cuarenta noches y cuarenta días y en el transcurso del año se muestran de nuevo por primera vez cuando se afila la guadaña[64].

Ésta es la ley de los campos para los que viven cerca del
390 mar y para los que, lejos del agitado Ponto, en valles encajonados, habitan fértil lugar[65]: siembra desnudo, tra-

---

63. Con frecuencia los legisladores antiguos propusieron medidas para limitar el número de hijos: Licurgo en Esparta *(Proclo,* 237, 15), Filolao en Tebas (Aristót., *Polít.).* Éste fue posteriormente el deseo de Platón, *Ley.,* 740d. Para Hesíodo es un simple deseo.

64. Fija las dos fechas más importantes, la de la siega: 14 de mayo, en su primera aparición antes de salir el sol, y la de la siembra: 3 de noviembre, primera desaparición después de salir el sol.

65. Norma popular que resulta oscura. En opinión de Proclo, es norma válida para todos los países: llanura, regiones marítimas y montañosas. Al igual que Mazon, creemos que *hoi te... hoi te* es el desarrollo de *pedion,* que sin duda para Hesíodo es aquí 'campo cultivado'. La verdadera interpretación sería la de Moscópulo, 353, 23: «Ésta es la ley de la tierra cultivada para quienes viven cerca del mar y para quienes viven en encajonados valles». División natural para un beocio, los que habitan cerca del mar serían los de la llanura del Asopo y los que habitan valles encajonados son los que, como Hesíodo, cultivan la Beocia central, una de las tierras más fértiles de Grecia.

baja desnudo y siega desnudo, si es que quieres realizar
en su tiempo todos los trabajos de Deméter para que cada
uno crezca en su tiempo, no sea que después, cuando estés necesitado, recorras mendigando moradas extrañas y   395
no consigas nada. Así como ahora viniste hacia mí; pero
yo ni te daré nada ni te prestaré. Realiza, necio Perses, los
trabajos que los dioses asignaron a los hombres, para que
nunca, estando afligido en el ánimo, con tu mujer y tus
hijos, tengas que buscar subsistencia entre los vecinos y   400
éstos no te hagan caso. Pues tal vez dos o incluso tres veces conseguirás algo, pero si aún te angustias, no conseguirás nada; dirás muchas palabras vanas, pero inútil
será el campo de las palabras[66]. Te exhorto a preocuparte
del pago de las deudas y a ponerte a buen recaudo del
hambre.

En primer lugar, procúrate casa[67], mujer y buey de   405
trabajo [mujer no casada, adquirida, que incluso siga a
los bueyes]. Haz todos los útiles necesarios en casa,
para que no tengas que pedir a otro, éste te lo niegue,
tú estés necesitado y, en tanto, se pase la ocasión y la labor se pierda. No dejes nada para mañana y pasado ma-   410
ñana[68], pues ni el hombre negligente ni el moroso llenan granero, pero sí engrandece la obra el celo, pues
siempre el hombre holgazán que aplaza la tarea lucha
con la ruina.

---

66. Cf. *Il.* XX, 248, *Himno Ap.*, 20 ss., diversas son las interpretaciones de *nomós*. Según Mazon la mejor es la de Eustacio, 'el pasto', el
elemento esencial del campesino.
67. Este verso era completamente desconocido por Aristóteles, que
explica *gynaika* como esposa; es posible que el verso fuera conocido en el siglo IV, pero Aristóteles, al citar de memoria, pudo olvi-
darlo.
68. Cf. el refrán español «No dejes para mañana lo que puedas hacer hoy».

[OTOÑO]

415   Cuando cesa la fuerza del agudo sol, calor ardiente que
provoca sudor, al producir lluvia al comienzo[69] del otoño
el poderoso Zeus, el cuerpo del mortal se vuelve mucho
más ágil, pues entonces el astro Sirio[70] sobre la cabeza de
los mortales alimentados para el infortunio camina un
poco durante el día, y en su mayor parte retorna durante
420   la noche; entonces la madera cortada por el hacha está
muy libre de carcoma, pues caen en tierra las hojas y cesa
la germinación; corta en ese momento la madera recordando las obras propias de la estación. Corta un mortero
de tres pies[71], una maja de tres codos y un eje de siete
425   pies; pues realmente ahí estará bien medido, si fuera de
ocho pies también podrías cortar un mazo. Corta un
eje[72] de tres palmos para un carro de diez manos y muchos maderos curvos.

Cuando la encuentres, buscándola en el monte o en el
llano, lleva a casa la garganta de carrasca, pues es la más

69. Seguimos en *metoporinón* la interpretación de Mazon, no «el
fin», sino, al contrario, «el comienzo» del otoño, es decir, el cambio
de estación que lleva al otoño: las lluvias de septiembre.
70. En Homero, el «perro». Hesiodo es el primero que usa el nombre *Sirio*, bien como adjetivo (en este verso), o como sustantivo (vv.
587, 609); su orto helical se produce el 19 de julio y su ocaso el 22 de
noviembre. Hesiodo parece referirse a la tercera semana de septiembre, momento en que su salida se produce cuatro horas más
temprano, es decir, de noche.
71. Mortero y maja era el método más primitivo de moler el grano,
según puede observarse en múltiples representaciones. El mortero
debía ser de madera o piedra, su altura de tres pies (se desconoce la
longitud del pie en Hesiodo, en la actualidad va de 29 a 33 cm) era
la apropiada para una persona de pie.
72. *apsis* designa el cuarto de rueda y *amaxa* la rueda, es decir, el
diámetro que era el módulo para clasificar los carros; la rueda descrita por Hesiodo debe ser la radiada, no la de una pieza (más antigua).

fuerte para cultivar con los bueyes, cuando el esclavo de   430
Atenea, fijándola en el dental con clavos, una vez aplicada
la acople al timón.

Prepara dos arados distintos, trabajándolos en casa,
uno de una sola pieza, el otro compuesto[73], puesto que
así es mucho mejor, pues si rompieras uno podrías poner
otro a los bueyes. De laurel u olmo son los timones que   435
no carcomen los gusanos; el dental, de encina; la garganta, de carrasca.

Adquiere dos bueyes machos de nueve años; ya que [su
fuerza no es débil, pues tienen la plenitud de la edad]; son
los mejores para trabajar, pues no romperán el arado por
disputar en el surco, ni dejarán la obra inacabada. Debe-   440
rá seguir a éstos un hombre fuerte de unos cuarenta años,
después de desayunar un pan de cuatro partes[74] y ocho
porciones. Él, preocupándose del trabajo, trace recto surco sin mirar ansiosamente a los de su misma edad, sino
teniendo el ánimo en su trabajo. En modo alguno es me-   445
jor otro más[75] joven que éste para distribuir las semillas
y evitar nuevas sementeras, pues el varón más joven se
enloquece detrás de los de su misma edad.

Presta atención cuando oigas la voz de la grulla[76] que
grita anualmente en lo alto de las nubes; ella trae la señal   450
de la labranza, señala el comienzo del lluvioso invierno y
daña el corazón del hombre sin bueyes; entonces engor-

73. Diferentes tipos de arados.
74. *tetratryphon: hapax;* Hofinger lo explica como epíteto del pan
«amasado en cuatro tiempos».
75. *allos* se refiere al gañán que acompaña al que ara para distribuir
la semilla, ya que el labrador lleva las dos manos ocupadas. Esta escena puede verse en representaciones de copas, p. e., la copa Nicós-
tenes.
76. Bandadas de grullas pasan sobre Grecia en octubre y se dirigen
desde los países septentrionales hacia África. En *Il.* III, 3-4 se alude
también a la emigración de la grulla.

da a los bueyes de retorcidos cuernos que tienes en casa.
Pues es fácil decir «dame dos bueyes y carro», pero es
más fácil responder diciendo «hay trabajo para mis bueyes».

455 El hombre rico en ardides, precipitado habla de cons-
truir un carro; ¡necio!, ni siquiera esto sabe: cien son las
partes del carro que debe cuidar tener en casa antes.

Cuando se muestre a los mortales la estación de la ara-
460 da, entonces lanzaos a la vez los esclavos y tú mismo para
cultivar la tierra seca y húmeda en la estación de la arada,
afanándote muy temprano para que se llenen los campos.

Ara en primavera; y si binas en verano no te engaña-
rás. Siembra el barbecho estando la tierra aún ligera[77]. El
barbecho aleja maldiciones y apaga el llanto de los niños.

465 Suplica a Zeus Ctonio[78] y a Deméter Santa que el sagrado fruto de Deméter bien maduro esté cargado, al comenzar las primeras labores, cuando tomando el cabezal
de la mancera con la mano llegues con el aguijón a la espalda de los bueyes que arrastran la clavija[79] del yugo.

470 Detrás un joven esclavo[80] dará trabajo a las aves ocul-
tando la semilla con una azada, pues el buen orden es lo
mejor para los mortales y el mal orden lo peor.

77. El barbecho, según la calidad del terreno, consiste en dejar descansar la tierra uno o dos años. Para Hesiodo los cereales se sembra-
ban en años alternativos; durante el año de barbecho el suelo era re-
movido dos, tres e incluso cuatro veces con arado o azada, sobre
todo en primavera o mitad del verano, cf. Jenof. *Econ.* 16, 14.
78. El epíteto Ctonio debe interpretarse no como un dios del mundo subterráneo (Lidell-Scott), sino como dios de la tierra (Nilsson,
Historia de las religiones), dios de la fertilidad, epíteto apropiado, ya
que Zeus se asocia a Deméter. Pausanias, II, 2, 91, nos dice que en
Corinto se muestran tres imágenes de Zeus: Ctonio (de la tierra),
hypsistos (del cielo) y otra sin nombre.
79. Clavija, pieza del arado que une el timón al yugo.
80. Un pequeño esclavo con un azadón completaba el trabajo allí
donde el arado dejaba el grano descubierto.

Así también las espigas con vigor se inclinarán hacia la tierra, si el propio Olímpico después les concede buena maduración; entonces podrás quitar las telas de araña de 475 los recipientes y espero que te alegres cogiendo el fruto que está dentro. Nadando en abundancia llegarás a la blanca primavera[81] y no volverás la mirada a los otros, sino que cualquier otro estará necesitado de ti.

Si cultivas la divina tierra en el solsticio[82], segarás sen- 480 tado reuniendo poco con la mano, mientras empolvado haces gavillas de frente poco contento, y lo llevarás en un cesto; y pocos te contemplarán.

Por otra parte, versátil es el espíritu de Zeus portador de la Égida y difícil de comprender para los hombres su- jetos a la muerte. Pues si realizases la arada tarde, esto 485 podría ser tu remedio: cuando el cuclillo cante por pri- mera vez[83] en las hojas de la encina y deleite a los morta- les en la tierra sin límites, entonces pide a Zeus que envíe lluvia al tercer día y no cese, sin sobrepasar la pezuña del buey ni quedarse por debajo; así el trabajador tardío po- 490 drá igualar al madrugador[84].

Guarda bien todo esto en tu corazón y no te pase inad- vertida al llegar la blanca primavera ni la estación de la lluvia.

81. Los escoliastas refieren el epíteto blanco al color de las espigas; Wilamowitz lo aplica al cielo nublado propio del comienzo de la pri- mavera (nos parece más acertada esta opinión).
82. Se refiere al mismo solsticio de los versos 564-7, que Dick sitúa entre el 26 de diciembre y el 3 de enero. El autor da un aviso: si espe- ra este momento la cosecha será mala.
83. El cuclillo empieza a cantar al comienzo de la primavera y cesa a finales de julio.
84. Para realizar la sementera, Hesíodo opina que la mejor fecha es la de la mitad de noviembre, antes de la estación de las grandes llu- vias, pero si alguno se retrasa no debe hacerlo hasta final del invier- no, momento en que cae una lluvia continua poco abundante y se puede coger una buena cosecha de tres meses.

[INVIERNO]

Aléjate de la fragua y del soleado pórtico[85] en la estación invernal, cuando el frío aparta al hombre de los tra-
495 bajos; entonces un hombre diligente deberá engrandecer
su casa, no sea que durante el penoso invierno te alcance
con pobreza la falta de recursos, y tengas que oprimir con
flaca mano entumecido pie[86].

El hombre holgazán pendiente de vana esperanza,
cuando necesita medios de vida, lanza en su ánimo muchos reproches.

500 Esperanza no buena acompaña al hombre necesitado,
cuando se sienta en el pórtico de tertulia, si para éste no
está asegurada la subsistencia.

Estando aún mediado el verano, enseña a tus esclavos:
«no siempre será verano, haceos cabañas».

Al mes Leneo[87], días malos, todos despellejadores de
505 bueyes, a ese evítalo y a las heladas que, punzantes, cubren
la tierra al soplar Bóreas, que a través de Tracia, criadora
de caballos, se pone en movimiento increpando al ancho
Ponto y mugen tierra y bosque; tras derribar muchas fron-
510 dosas encinas y densos pinos los lanza sobre la rica tierra
en los abismos del monte, y entonces grita toda la inmensa
selva; las fieras se enfurecen y colocan sus colas bajo los genitales; incluso estas cuya piel está cubierta por la lana;
también ahora el frío existente atraviesa a éstas aunque
515 sean velludas; incluso penetra por la piel del buey y no lo

---

85. *epalea: hapax,* epíteto de *leschen;* en las ciudades dorias, es el
pórtico de reunión de los ciudadanos. También 'lugar de asilo donde los viajeros podían pasar la noche'.
86. Cf. Proclo, 305, 17, donde dice que los pies de los hambrientos
están hinchados, y que existe una ley en Éfeso que no permite a los
padres exponer a los hijos mientras tengan los pies hinchados por el
hambre.
87. Para Leneo, cf. Glosario *infra.*

soporta y también sopla a través de la cabra de denso pelo. Pero no penetra a las ovejas, por causa de la abundante lana, la fuerza del viento Bóreas. Encorva al anciano, pero no penetra a través de la doncella de piel suave, que per- 520 manece en las moradas junto a su madre, sin conocer las acciones de la dorada Afrodita y, lavando su delicada piel y ungiéndola con abundante aceite, oculta descansa dentro de la casa, en el día invernal, cuando el sin hueso[88] roe su pie en la casa sin fuego y en las moradas húmedas; pues 525 el sol no le muestra alimento sobre el que lanzarse, sino que gira sobre pueblos y ciudades de hombres de tez oscura, y con lentitud se muestra a los griegos[89].

Entonces los habitantes del bosque, provistos y desprovistos de cuernos, haciendo rechinar sus dientes huyen hacia encajonados valles, y a todos en su corazón les 530 preocupa esto, dónde, tras buscar abrigo, puedan tener grutas profundas y rocosa cueva; también entonces los mortales son iguales al de tres pies[90], cuya espalda está

---

88. Parece que se trata del pulpo, según Cook, citado por Sinclair; este uso descriptivo para citar los animales puede ser una reminiscencia de prácticas aún existentes en pueblos primitivos, por las que el nombre de ciertos animales es tabú. Este uso descriptivo aparece en distintos lugares de la obra: v. 532, «el de tres pies» (el viejo); v. 571, «el que lleva la casa encima» (caracol); v. 742, «las cinco ramas» (los dedos); v. 778, «la prudente» (la hormiga). Aristóteles recoge la creencia de que el pulpo se comía sus tentáculos en invierno (*Historia de los animales*, 8, 2). West cita a Wiesner, que dice que esta misma idea se puede ver en las representaciones minoicas y micénicas del pulpo.
89. Los griegos de los primeros tiempos consideraban el sol algo cercano a la tierra, y fácil de localizar en diferentes poblaciones. Así, Homero, *Od.* I, 23 ss., dice: «Los etíopes que están divididos en dos grupos, unos donde se hunde Hiperión y otros donde se levanta». En el solsticio de verano está cerca de los escitas y en el de invierno por África; cf. Hrdto. II, 24, 6: «Durante el invierno el sol se desvía de su trayectoria habitual […] y llega a la alta Libia».
90. El viejo (cf. n. 88 *supra).* Se trata de un concepto extendido desde la Antigüedad para denominar distintos seres, así en Rigve-

535 encorvada y la cabeza mira hacia el suelo; semejantes a
      éste van y vienen esquivando la blanca nieve.
         En ese momento ponte como protección en la piel, se-
      gún te aconsejo, un manto suave y una túnica hasta los
      pies. En poca trama teje mucha lana, póntela en derredor
540 para que el vello permanezca inmóvil y no se erice po-
      niéndose tieso en el cuerpo; en torno a tus pies calza ajus-
      tadas sandalias de buey muerto con violencia[91], guarne-
      ciéndolos con pelos dentro y, cuando llegue la estación
      del frío, cose con piel de buey las pieles de cabritos pri-
545 mogénitos, para colocarlas sobre la espalda, como abri-
      go de la lluvia, y sobre la cabeza coloca un gorro trabaja-
      do con arte, para que no se mojen las orejas. Pues es frío
      el amanecer cuando cae Bóreas, y por la mañana, des-
      de el estrellado cielo a la tierra, se extiende sobre las férti-
550 les obras de los bienaventurados una brisa[92] que, sur-
      giendo del siempre fluyente curso de los ríos, elevándose
      a lo alto sobre la tierra por la tempestad del viento, unas
      veces produce lluvia al atardecer, otras sopla mientras el
      tracio Bóreas reúne densos nubarrones. Adelantándose a
555 ella regresa a casa una vez realizado el trabajo, para que
      algún día no te cubra oscura nube surgida del cielo, te hu-
      medezca la piel y te cale los vestidos; esquívala, pues éste
      es el mes más crudo, tempestuoso, crudo para los anima-
      les y crudo para los hombres.

da, 10, 117, 8, «el con un pie (= sol) ha emulado al bípedo (= hombre) y el de dos pies termina en tres pies (= viejo). Las criaturas de
cuatro pies (= perros) vienen cuando los bípedos los llaman y se
mantienen juntos».
91. Porque la piel de éste es más fuerte que la de un buey muerto
por enfermedad o vejez.
92. Parece deducirse de este pasaje que Hesiodo tiene ciertos cono-
cimientos meteorológicos y, así, sabe que la niebla es una vaporiza-
ción que surge de la tierra y es la fuente de la lluvia, en *Te.* v. 706 encontramos también sus interpretaciones sobre terremoto, trueno y
rayo.

Entonces los bueyes tendrán la mitad de provisiones y
los hombres un poco más; acogedoras son las largas no-   560
ches.

[Vigilando esto hasta que el año esté cumplido, distribuye proporcionalmente noches y días, hasta que de nuevo la tierra madre de todos lleve nuevo fruto.]

[PRIMAVERA]

Cuando después del solsticio Zeus cumpla sesenta días
invernales, entonces el astro Arturo, tras abandonar la   565
sagrada corriente del océano, mostrándose por primera
vez al anochecer se eleva[93]. Después de éste sale a la luz la
golondrina Pandiónida, de agudo gemido[94], cuando comienza de nuevo la primavera para los hombres; anticí-
pate a ésta y poda las viñas; pues así es mejor.   570

Cuando el que lleva la casa[95] suba desde la tierra a las
hojas huyendo de las Pléyades, entonces ya no es época
de cavar las viñas, sino que una vez aguzadas las hoces
despierta a los esclavos. Huye de los asientos sombríos
y de la cama al amanecer en la estación de la siega, cuan-   575
do el sol marchita la piel. Entonces apresúrate y lleva el
fruto a casa levantándote al amanecer, para tener medios
de vida suficientes. Pues el alba distribuye la tercera parte
del trabajo, el alba hace avanzar el camino y el trabajo,
ella que, al aparecer, hace caminar a muchos hombres y   580
coloca el yugo a muchos bueyes.

93. Según Dick, el orto acrónico de Arturo, es decir, su aparición
a la puesta del sol, tiene lugar después del 24 de febrero.
94. Según West, en el calendario de Eudoxo la aparición de la golondrina y el orto acrónico tenían lugar el 19 de febrero. Tenemos en
este pasaje alusión al mito de Procne y Filomela (cf. *Pandiónida* en
Glosario *infra*).
95. El caracol, que, antes del orto helíaco de las Pléyades, en Grecia
sube a las plantas para protegerse del calor (cf. n. 88 *supra*).

[VERANO]

Cuando el cardo florece[96] y la cantarina cigarra, posada sobre el árbol, hace resonar su dulce canto sin interrupción bajo las alas, en la estación del arduo verano, entonces son más pingües las cabras, el vino mejor, las mujeres más lascivas y los hombres más débiles, pues Sirio les abrasa cabeza y rodillas y la piel está reseca bajo la calima.

En este momento, ojalá haya una sombría roca, vino biblino[97], un pan bien amasado[98], leche de cabras que hayan dejado de criar y carne de ternera alimentada en los bosques aún no parida y de tiernos cabritos. Bebe, además, vino rojizo sentado en la sombra, habiendo saciado el corazón a gusto, vuelto el rostro frente al refrescante Céfiro; y de una fuente que corra y se desborde, de agua limpia, derrama tres partes de agua y echa la cuarta de vino.

Ordena a los esclavos dar vueltas al sagrado fruto de Deméter, cuando por primera vez se muestre la fuerza de Orión[99] en lugar bien aireado y en era bien redondeada. Con la medida guárdalo en los recipientes, y cuando tengas almacenado dentro de casa el grano de manera suficiente, te exhorto a procurarte un sirviente sin casa y a buscar una sirvienta sin hijos, pues la sirvienta madre es difícil. Y procúrate un perro de afilados dientes y no le escatimes la comida, para que jamás te quite el patrimonio el hombre que duerme de día.

96. Según Teofrasto (*HP* VI, 4, 7) el cardo florece hacia el solsticio de verano, Orión se levanta hacia el 5 de julio; se trata, pues, de los últimos días de junio, período de reposo que sigue a la siega.
97. Debe tratarse de un tipo especial de vino, pero su origen suscita muchas dudas: *Biblia* en Tracia, *montes bíblinos* en aquella región o la fenicia *Biblos*. También se ha pensado que puede tratarse de la planta *biblos* o *byblos*.
98. Para Mazon y Sinclair sería pan de primera calidad; otras interpretaciones: pan trabajado con leche.
99. Orión comienza a aparecer en las dos últimas semanas de junio.

Procúrate forraje y cama de paja, para que sea suficiente para bueyes y mulos. Después deja descansar a los esclavos y suelta a los bueyes.

Cuando Orión y Sirio lleguen al centro del cielo, y Aurora de rosados dedos vea a Arturo, Perses, entonces corta y lleva a casa todos los racimos, expónlos al sol durante diez días y diez noches, durante cinco cúbrelos de sombra y al sexto vierte en recipientes los dones de Dioniso, dador de alegría. Y[100] cuando se oculten Pléyades, Híades y la fuerza de Orión, entonces, después de recordar la labor propia de la estación, sumerge el grano[101] en la tierra. 610 615

[NAVEGACIÓN]

Si te coge el deseo de la fatigosa navegación: cuando las Pléyades huyendo de la vigorosa fuerza de Orión caigan sobre el brumoso Ponto, entonces soplos de toda clase de vientos se lanzan impetuosamente; recordándolo entonces ya no debes tener las naves en el vinoso Ponto, sino trabajar la tierra como te aconsejo: vara la nave en tierra firme y fíjala con piedras por todas partes, para que haga frente a la fuerza de los vientos que soplan húmedamente, quitándole el tapón[102] para que no la pudra la lluvia de 620 625

100. Se refiere al ocaso de las tres estrellas, Híades median entre las Pléyades y Orión y se ponen después de ellas, el 4 de noviembre. Los pies de Orión se ponen a la vez, pero su cabeza permanece hasta la segunda mitad de noviembre.

101. *pleion* = año; en este sentido lo toman los alejandrinos, que lo consideran préstamo de Hesiodo. Pero nos parece más acertada la opinión de Mazon, quien, basándose en la glosa de Hesiquio, *pleionei* = *speirei*, supone *pleion* = *sperma* = grano.

102. Mazon indica que el navío, una vez sacado a tierra, se sujetaba con gruesas piedras, para evitar que el viento lo derribara y para elevarlo ligeramente del suelo, con el fin de que pudiera salir el agua al quitarle el tapón.

Zeus. Las jarcias bien dispuestas todas colócalas en tu casa, en orden, plegando las alas de la nave surcadora del mar. Cuelga el bien trabajado gobernalle sobre el humo.

630   Tú mismo espera hasta que llegue la estación de la navegación. Entonces saca al mar el ligero navío y equípalo disponiendo la carga para llevar ganancia a casa. Como mi padre y el tuyo, gran insensato Perses, se hacía a la mar en las naves, por estar necesitado de buen sustento,

635   el que en otro tiempo llegó aquí surcando el amplio Ponto, abandonando en negra nave a Cime Eolia, no escapando a abundancia, riqueza y felicidad, sino a la malvada pobreza que Zeus da a los hombres[103] y vivió cerca del

640   Helicón, en Ascra, penosa aldea, mala en invierno, terrible en verano, y nunca buena. Tú, Perses, recuerda los trabajos de cada estación, pero sobre todo en torno a la navegación. Alaba la nave pequeña, pero dispón la carga en

645   la grande. Pues si mayor es la carga, mayor será provecho sobre provecho, si los vientos alejan las malas tormentas.

Cuando volviendo tu impetuoso ánimo hacia el comercio marino quieras escapar de las deudas y del hambre ingrata, te mostraré las dimensiones del rumoroso mar, aunque no tengo experiencia del arte de navegar y

650   de las naves. En efecto jamás crucé en una nave el ancho Ponto, a no ser a Eubea desde Áulide, donde en otro tiempo los aqueos permaneciendo durante una tormenta congregaron un gran ejército desde la sagrada Hélade contra Troya de hermosas mujeres.

655   Entonces crucé yo el Ponto para ir a Calcis[104] a las competiciones del valeroso Anfidamante; sus ilustres hi-

103. Con esta afirmación Hesíodo absuelve a su padre de toda responsabilidad. Éforo afirma que la razón de su emigración fue el haber dado muerte a un pariente.
104. Plutarco considera espúreos los vv. 654-5; Mazon opina que se debe a suponer una alusión a la leyenda del encuentro en Calcis entre Homero y Hesíodo.

jos dispusieron muchos premios anunciados con antelación. Afirmo que yo, resultando vencedor con un himno, conseguí un trípode con asas. Éste lo dediqué a las Musas que habitan el Helicón allí donde por primera vez me inspiraron el dulce canto. Tal experiencia he tenido de las 660 naves de muchos clavos; pero aun así te diré el pensamiento de Zeus, portador de la Égida; pues las Musas me enseñaron a cantar un himno de indescriptible belleza.

Durante cincuenta días, después del solsticio, cuando llega al fin el verano, agotadora estación, la navegación es 665 favorable para los mortales y tú no romperás la nave ni el mar destruirá a los mortales, a no ser que a propósito Posidón, que sacude la tierra, o Zeus, soberano de los inmortales, quisieran destruirlos; pues en ellos está por igual el fin de bienes y males[105].

En ese momento las brisas son bien definidas y el Ponto 670 to apacible. Entonces, libre de preocupación, confiando en los vientos, arrastra la rápida nave hacia el Ponto y pon dentro toda la carga; pero apresúrate a regresar rápidamente de nuevo a casa, no esperes al vino nuevo y a las tormentas de otoño ni al invierno que se acerca y a los te- 675 rribles torbellinos del Noto, que remueve el mar acompañando a la abundante lluvia de Zeus otoñal y hace insoportable el mar.

Existe otra navegación para los hombres por primavera: tan pronto como la corneja al descender deja una huella tan grande, como se muestran al hombre las hojas en la 680 más elevada rama de la higuera, entonces el mar es accesible, y ésta es la navegación de primavera; yo no la voy a alabar, pues no es grata a mi corazón; ha de cogerse en su momento y con dificultad podrías huir del mal, pero los 685

105. Se repite la idea dada para otros trabajos. Al fin todo está en manos de los dioses, idea que se repite en Alcmán, Arquíloco, Teognis, Píndaro, etc.

hombres también la realizan por ignorancia de su mente;
pues la riqueza es el espíritu para los míseros mortales.

    Es terrible morir entre las olas, y te exhorto a colocar
esto en tu corazón como te lo digo: no pongas toda tu for-
690 tuna en las cóncavas naves, sino deja la mayor parte y
carga la menor; pues es terrible sufrir un mal en las olas
del mar y también es terrible que por levantar una carga
irresistible sobre el carro rompas el eje y pierdas la carga;
vigila la medida, la mesura es lo mejor de todo.

[CONSEJOS DIVERSOS (SOCIALES Y RELIGIOSOS)]

695   Es el momento de conducir una mujer a tu casa no fal-
tándote mucho para los treinta años ni sobrepasándolos
mucho, pues éste es el matrimonio apropiado; la mujer
sea púber cuatro años y cásese al quinto[106].

    Toma como mujer una doncella, para que le enseñes
700 castos preceptos. [Sobre todo toma como mujer a una
que viva cerca de ti][107] mirándola por todas las partes,
para que no seas motivo de risas para los vecinos. No hay
botín mejor que una mujer buena, ni cosa más molesta
que una mala, glotona, que incluso al varón que es fuerte
705 consume y marchita y lo entrega a una vejez prematura.
[Vigila el respeto de los bienaventurados inmortales].

    No iguales el amigo al hermano; y si lo haces no seas el
primero en hacerle mal y mentirle por el hecho de hablar;

106. Platón, *Ley.* 785b, da como edad correcta para el matrimonio
en la mujer de 16 a 20 años; Aristóteles sobre los 18 (la pubertad se
sitúa en los 14); según las Leyes de Gortina, a los 12 o más. Alusio-
nes a la edad de la mujer en el matrimonio las encontramos en Jenof.
Econ.; Demóstenes, 46, 20; Iseo, 8, 31, 10, 12.
107. Este verso estaba ausente en algunas copias, pero no resulta
sospechoso y tiene cabida en el texto. Recuerda al v. 343. Sinclair cita
a Samuel Butler, que recuerda el proverbio italiano *chi lontano va
ammogliare, sarà ingannato o vorrà ingannare,* equivalente al español «el que lejos va a casar, va a que lo engañen o va a engañar».

y si comienza diciéndote palabra odiosa u obrando de 710
manera odiosa, recordándolo tolérale dos veces; y si de
nuevo te llevase a la amistad y quisiera ofrecerte excusas,
acéptalo; el hombre ruin hace un amigo en cada ocasión;
nunca la mente te censure el aspecto.

No seas llamado de muchos huéspedes, ni de pocos, ni 715
compañero de los pobres, ni provocador de los ricos. No
reproches al hombre la funesta pobreza que devora el corazón, dádiva de los siempre Bienaventurados[108].

El tesoro de una lengua parca es el mejor tesoro para 720
los hombres y la mayor gracia la que le viene con mesura[109]; si hablas mal, tú mismo podrás escuchar algo peor.
No estés malhumorado por una comida de muchos huéspedes; en común el provecho es mayor y el gasto más pequeño.

Jamás desde el amanecer hagas libaciones de vino tin- 725
to a Zeus ni a otros inmortales con las manos sucias, pues
no te escucharán, sino que reprobarán tus súplicas. 727

No orines de pie vuelto frente al sol[110], sino, recuérda-
lo, cuando se ponga y hacia oriente hasta que salga, sin 730
desnudarte, pues las noches son de los Bienaventurados[111]. Ni orines en el camino ni fuera del camino avan-

---

108. Cf. Proverbios 17, 5: «el que insulta al pobre insulta a su hacedor», «el que goza del mal ajeno no quedará impune». Amen-em-
Opet, 25: «no te rías de un ciego ni hagas burla de un monstruo […]
pues el hombre es arcilla y paja y el dios el hacedor […] él hace un
millar de pobres hombres cuando desea». Tac. II, 40: «no es vergon-
zoso entre nosotros confesar la pobreza, sino que es más no huirla».
109. Cf. Alceo, frg. 47: «si dijeras lo que quieres escucharás lo que
no quieres». Il. XX, 250: «cualquier palabra que digas tal escucharás». Proverbio sumerio: «cualquiera que insulta debe ser insulta-
do».
110. Máxima pitagórica citada por Diógenes Laercio, 8, 17. También pueden verse los mismos preceptos en las Leyes de Manu.
111. Con la noche se asocian los espíritus malignos que el poeta
trata de evitar.

zado. El hombre semejante a los dioses, sabedor de cosas prudentes, lo hace estando sentado o apoyándose en el muro del ancho patio.

No te hagas visible en el hogar habiendo salpicado los genitales con semen, sino evítalo[112].

735   No engendres al regresar de un funeral de mal augurio, sino después del festín de los inmortales.

736   No orines en las fuentes públicas, sino evítalo.

No cruces con tus pies la bella corriente de los ríos sempiternos antes de hacer una súplica mirando hacia las hermosas corrientes, tras lavarte las manos con un agua

740   apetecible y clara. Quien cruza un río sin purificar la mancha y las manos, con ése los dioses se indignan y después le dan males.

En el abundante festín de los dioses no separes lo seco de lo verde de tus cinco ramas con resplandeciente hierro[113].

No coloques el *oenochoe* sobre la cratera de los que be-

745   ben, pues funesto destino se cierne sobre ellos[114].

Cuando hagas una morada no la dejes con salientes para que la cantarina corneja no grazne posándose sobre

112. La explicación de los escoliastas dice que el acto sexual mancha de impureza al hombre y por eso no debe acercarse al hogar, que es lugar sagrado.

113. *Cinco ramas:* los cinco dedos (cf. n. 88 *supra*). Según los escoliastas es una falta de respeto a los dioses cortarse las uñas en sus banquetes.

114. Numerosas son las explicaciones que se dan sobre este precepto. Para unos la norma al uso, como puede comprobarse por las pinturas de los vasos, era colocar la jarra de escanciar sobre la cratera mientras no se usaba. Para otros, la opinión de los comensales era que, una vez comenzado el banquete, la jarra no debía parar sino que debía estar siempre en manos del escanciador. Según un escolio de Plutarco, «lo particular no debe estar encima de lo general». También puede explicarse por la creencia de que cruzando dos objetos se impide el libre curso de las cosas.

ella[115]. No comas, ni te laves sacando de calderos con patas sin consagrar, pues también sobre éstos hay castigo.

No sientes en lugar inviolable, pues no es bueno, a muchacho de doce días, esto hace al hombre flojo, ni al de doce meses, pues esto es igual[116]. 750

No lave el varón[117] su cuerpo en el baño de las mujeres, pues durante un tiempo también sobre esto hay lamentable castigo.

No te mofes de las cosas ocultas cuando participes en humeantes sacrificios, pues también el dios se irrita por esto. 755

No orines en la desembocadura de los ríos que fluyen hacia el mar, sino evítalo mucho, ni te ensucies, pues no hacer esto es mejor.

Obra así y evita la terrible reputación de los mortales, pues la mala reputación es ligera de levantar con facilidad, pero terrible de soportar y difícil de quitar. Pues no se destruye por completo la reputación que han difundido muchas gentes; ella es como un dios. 760

---

115. También en este caso se dan diversas explicaciones. Para Plutarco equivale a terminar antes del invierno, pues la llegada de la corneja representa su comienzo. Para Proclo no deben omitirse los sacrificios de la fundación de la casa, para evitar la mala suerte representada por la corneja.

116. Son numerosos los comentaristas que se inclinan por las tumbas al hablar de «lugar inviolable»; según West puede deberse al deseo de poner al niño en contacto con sus antepasados para que adquiera sus cualidades. «Doce días» y «doce meses» pueden considerarse edades peligrosas por ser los doce años la edad de la pubertad. Su empleo aquí puede deberse a la importancia del número 12 entre los griegos (cf. Martínez Díez y Pérez Jiménez, ob. cit. en Bibl.).

117. Proclo (409, 19) explica que puede deberse a la creencia existente en buen número de pueblos sobre la impureza genuina de la mujer. O también a la idea de que el hombre se vuelve afeminado por ciertos olores que emanan del cuerpo de la mujer. Cf. *Od.* X, 301: Ulises teme que Circe debilite su virilidad.

[DÍAS]

765   Observando como conviene los días procedentes de
Zeus, explica a los esclavos que el día treinta del mes es el
mejor para observar los halagos[118] y distribuir la ración
cuando las gentes, discerniendo la verdad, la ejercitan.

770   Éstos son los días del providente Zeus, en primer lugar[119] uno, cuatro y siete son días sagrados, pues en éste
Letó engendró a Apolo, de espada de oro; el octavo y el
noveno son días del mes lleno apropiados para dedicarse
a las obras propias de la naturaleza humana; el once y el
775   doce, ambos son buenos, bien para esquilar las ovejas,
bien para recoger el fruto propicio, pero el *doce* es mucho
mejor que el once, pues en éste teje sus hilos la araña sus-
pendida en el aire en pleno día, cuando la prudente cosecha el trigo; en él la mujer disponga de su telar y dispón-
780   gase manos a la obra. Al comenzar el mes, evita el día
trece para iniciar la siembra pero para plantar árboles es
el mejor[120].

El sexto del medio es muy funesto para las plantas,
pero es bueno para engendrar hombres; y no es apropiado para una mujer para nacer ni para tomar parte en el
matrimonio[121].

785   Tampoco el primer día sexto es bueno para el nacimiento de una mujer, pero para castrar machos cabríos y

118. Traducción siguiendo la lectura de Mazon, Sinclair y West.
119. Sinclair explica *ene* como expresión abreviada de *ene kai nea*,
que desde el s. VII indica en el calendario popular el día 30 de los
meses llenos. El cuatro recibe su carácter sagrado por el nacimiento
de Hermes y Heracles en este día, y el siete por el nacimiento de
Apolo; según West esta fiesta llegó desde los semitas en el s. VIII.
120. Los escoliastas se refieren a la humedad de la luna como buena
sólo para las plantas, no para semillas, que requieren humedad y
frío.
121. El dieciséis es funesto para el matrimonio por estar la luna separada del sol.

carneros y para cercar el estado pastoril es el día favorable; y bueno para engendrar hombres; y a éste agradará decir bromas, mentiras, astutas palabras y ocultas conversaciones íntimas.

En el octavo del mes castra al verraco y al buey de sonoro mugido y en el duodécimo a los sufridos mulos[122]. 790

En el gran veinte, el día más largo, nazca un árbitro que tenga la mente equilibrada.

El décimo es bueno para engendrar varón y el cuarto del medio para engendrar mujer; y en éste domestica, pasándole la mano, a los carneros, a los bueyes de retorcidos cuernos, a los perros de colmillo afilado y a los sufridos mulos[123]; y cuida en tu ánimo evitar el cuarto del comienzo y del final y los dolores que corroen el ánimo, pues este día está consagrado completamente. 795

En el cuarto del mes lleva esposa a casa considerando los augurios mejores para este tipo de cosas. 800

Evita los quintos[124], pues son difíciles y terribles. Cuentan que en el quinto las Erinias toman cuidado de Horco[125] en su nacimiento, a quien engendró Eris como daño para los perjuros.

En el siete del medio coloca en la era redonda el sagrado fruto de Deméter observando cuidadosamente, el leñador corte leños nupciales y abundantes maderos de barco que sean apropiados para las naves[126]. En el cuarto comienza a fijar con clavos las ligeras naves. 805

---

122. Según el escolio de Plutarco es bueno para castrar estos animales porque así su furia, semejante al terremoto, se calmará al sufrir el corte.

123. Seguimos la lectura de Mazon y Sinclair.

124. *pemptas:* uso excepcional del plural; tal vez puede tratarse del 5 y el 25, igual que en 798 menciona dos cuatros.

125. También en Virgilio se asocia este día al juramento. En los pitagóricos era símbolo de la justicia.

126. Bueno para sacar el trigo, pues, según los escoliastas, se producen corrientes de aire que limpian el trigo de impurezas. Por lo

810 El nueve del medio es el mejor día por la tarde; pero el primer nueve es inofensivo para los hombres; pues es el bueno para plantar y para que nazca un hombre y una mujer, y en absoluto es día malo. Pero pocos saben que el

815 tercer nueve[127] es el mejor [para comenzar la jarra y para colocar en el cuello el yugo a los bueyes, a los mulos y a los caballos de rápidos pies,] para botar hacia el vinoso Ponto la rápida nave de muchos remos; pero pocos hay que llaman a esto por su verdadero nombre.

En el cuarto abre la jarra; entre todos, el día sagrado es

820 el del medio; pues pocos saben que el de después del veinte[128] es el mejor del mes al amanecer y es el peor al atardecer.

Estos días son un gran provecho para los mortales; los otros, los intermedios, inofensivos, no traen nada. Cada

825 uno alaba a uno, y pocos los conocen. Unas veces un día es madrastra y otras veces madre.

De éstos, dichoso y feliz el que, sabiendo todo esto, inocente trabaja para los Inmortales, interpretando los pájaros y esquivando las transgresiones.

que respecta a la madera, Plutarco dice que los carpinteros tiran la madera cortada en plenilunio debido a la humedad que produce la luna llena.

127. Sobre el vino en la jarra, cf. n. 60 *supra*. Parece que en el plenilunio se altera más la calidad del vino. Para *triseinas* Proclo apunta dos posibles significados: *tres veces nueve* = veintisiete, o *tercer nueve* = veintinueve.

128. Se refiere al día veinticuatro.

ESCUDO

ESTRUCTURA

A)   1-94:   INTRODUCCIÓN: presentación de personajes.
              1-56:   Alcmena y Anfitrión: expiación de la falta
                       cometida por Anfitrión; unión de Alcme-
                       na con Zeus y Anfitrión; nacimiento de
                       Heracles e Ificles.
              57-76:   Cicno y Ares.
              77-94:   Heracles y Yolao.

B)   95-337:   PREPARATIVOS PARA EL COMBATE.
              95-121:   Instrucciones de Heracles a Yolao.
              121-324: Descripción de la armadura de Heracles,
                        especialmente su escudo: materiales de
                        que está hecho (141-3); escenas represen-
                        tadas: monstruos apotropaicos (144-67),
                        combate de leones y jabalíes (168-77), lu-
                        cha de centauros y lapitas (178-90), Ares y
                        Atena (191-200), Olimpo (201-6), puerto
                        (207-15), Perseo y las Gorgonas (216-37),
                        ciudad en guerra (238-70), ciudad en paz
                        (271-313), Océano (314-7).
              325-337: Consejos de Atena.

C)   338-462:   COMBATE.
              338-349:   Encuentro de combatientes.
              350-367:   Palabras de Heracles a Cicno para evitar la
                        lucha.
              368-423:   Combate y muerte de Cicno.
              424-462:   Ataque de Ares.

D)   463-480:   FINAL.
              463-466:   Terror y Pánico trasladan a Ares al Olimpo.
              467-470:   Heracles e Ificles despojan el cadáver de
                        Cicno de sus armas y se van a Traquis.
              470-471:   Retirada de Atena al Olimpo.
              472-480:   Entierro de Cicno.

[ARGUMENTO]

El comienzo del Escudo se encuentra en el cuarto libro del Catálogo hasta el verso cincuenta y seis, por lo cual también Aristófanes[1] sospechaba que no era de Hesiodo, sino de algún otro que pretendía imitar el Escudo de Homero[2]. Megaclides[3] el ateniense reconoce como auténtico el poema, pero critica a Hesiodo, pues dice que es ilógico que Hefesto hiciera armas para los enemigos de su madre. Apolonio[4] de Rodas, en el libro tercero, afirma que es de él, deduciéndolo tanto de su carácter como de encontrar de nuevo a Yolao en el catálogo como auriga de Heracles. También Estesícoro[5] dice que el poema es de Hesiodo.

1. Aristófanes de Bizancio (257-180 a.C.).
2. Cf. C. F. Russo, ob. cit. en Bibl.
3. Peripatético ateniense de la segunda mitad del s. IV a.C., crítico de poesía épica, en especial de Homero.
4. S. III a.C. Esta afirmación induce a suponer que Apolonio de Rodas había escrito una obra crítica en cuyo tercer volumen trataba cuestiones relativas a Hesiodo.
5. Poeta lírico de la segunda mitad del s. IV a.C.

10   Los tafios, al hacer una expedición contra las vacas de
Electrión, mataron a los hermanos de Alcmena, que
disputaban por los animales. Y, como Anfitrión quería
unirse con ella, ésta prometió que no lo haría antes de
15   que tomara venganza de los fratricidas. Éste, haciendo
una expedición contra ellos, los mató. En la misma noche se unieron con ella ambos, Zeus y Anfitrión, el uno
de regreso de la guerra, y Zeus porque quería engendrar
un bienhechor para los hombres. Ella concibió de Anfi-
20   trión a Ificles y de Zeus a Heracles. Éste, con Yolao como
auriga, va contra Cicno, el hijo de Ares que despojaba a
los que llevaban los diezmos a Pitó. Pues bien, protegido
con un escudo labrado por Hefesto, se dirige a Traquis, a
casa de Ceix. Y, habiéndose encontrado con Cicno, lo
mata, y a Ares, que intentaba proteger a su hijo, lo hiere
25   en un muslo. Así llega a casa de Ceix. Era Cicno yerno de
Ceix por su hija Temistonoa.

[INTRODUCCIÓN]

O cual la que, tras abandonar su casa y la tierra patria, llegó a Tebas con el belicoso Anfitrión, Alcmena, hija de
Electrión, que incita al pueblo al combate. Ésta aventajaba
a la estirpe de las delicadas mujeres en su aspecto y estatu-
ra; en inteligencia no rivalizaba con ella ninguna de las que   5
engendraron mortales unidos con mortales. De su cabeza
y de sus oscuros párpados fluía tal belleza cual de la dorada Afrodita[6]. Además, respetaba en su ánimo a su esposo
tanto como ninguna de las delicadas mujeres hasta ahora.   10
    Aquél mató[7] a su valiente padre, sometiéndolo con
violencia, irritado por culpa de unas vacas y, abandonan-

---

6. Cf. *Himn. Afrod.* 174 ss.; Hes. *Te.* 910 ss.; Sóf. *Traq.* 990; Hes. *Tr.*
60; *Himn. Dem.* 182. La fragancia era un atributo peculiar de la divinidad (*Himn. Dem.* 276).

7. El poeta no decía más porque la leyenda debía de ser conocidísi-
ma del auditorio. Según Apolodoro (*Bib.* II, 4, 5), mientras Electrión reinó en Micenas llegaron seis hijos de Pterelao, fundador de
Tafos, a pedir, en calidad de nietos de Méstor, hermano de Alceo
y Electrión, una parte del reino. Electrión rechazó su demanda y
ellos, en venganza, le robaron las vacas. Esto provocó una batalla en

do su tierra patria en dirección hacia Tebas, acudió como
suplicante ante los cadmeos, portadores de escudos[8]. Allí
15 habitaba junto con su respetable esposa, sin la delicada
unión amorosa[9], pues no le era posible acceder al lecho
de la Electriona[10], de bellos tobillos, antes de vengar el
asesinato de los magnánimos hermanos de su esposa, y
consumir con violento fuego las aldeas de los héroes ta-
20 fios y teléboas[11]. Así, en efecto, estaba establecido y los
dioses eran testigos de ello. Él temía la cólera de éstos,
pero deseaba realizar lo más pronto posible la gran acción que para él era una ley de Zeus. Lo acompañaban,
deseosos de guerra y batalla, los beocios, hábiles jinetes,
25 orgullosos con sus escudos, los valientes locrios y los
magnánimos foceos. Los mandaba el noble hijo de Alceo, vanagloriándose de su ejército.

Pero el padre de dioses y hombres otro plan tejía en su
mente, con la idea[12] de engendrarle a los dioses y a los in-

la que murieron los hijos de Pterelao, menos Everes, y los de Electrión, excepto Liciminio. Los tafios llevaron las vacas al rey de Elea,
Poliseno, del que Anfitrión las rescató y se las devolvió a Electrión.
Mientras Anfitrión perseguía una vaca, mató involuntariamente a
Electrión. Según otra tradición más antigua fue en una contienda
donde Anfitrión mató a Electrión.
8. Beocia es la madre del escudo que cubre todo el cuerpo. Los beocios pusieron los escudos como armas nacionales, o como atributos
de una divinidad o héroe, sobre su moneda.
9. Para Apolodoro (*Bib.* II, 4, 6-7), Alcmena pone como condición
a Anfitrión para el matrimonio la venganza de sus hermanos, pero
posiblemente Anfitrión era ya su esposo y el exilio sería su castigo, por la muerte de su padre.
10. Alcmena. Se piensa que el nombre de Electrión puede aludir a
la fecundación por medio de la lluvia de electro (explicación que
considera esta palabra derivada de *hyo* y *elektron*).
11. Cf. Hrdto. V, 59. Eran probablemente los habitantes originarios
de Acarnania. Pueden ser llamados «héroes» porque la profesión de
pirata no era deshonrosa (cf. Tuc. I, 5.)
12. Como si intentara moralizar el engaño de Zeus al yacer con Alcmena.

dustriosos hombres un protector contra la desgracia. Se 30
lanzó desde el Olimpo maquinando en su mente un engaño, deseoso de unirse amorosamente, de noche, a una
mujer de hermosa cintura. Al punto llegó al Tifaonio;
desde allí el prudente Zeus se fue a la cima del Ficio. Allí
sentado meditaba en su mente extraordinarias obras: en 35
la misma noche, en efecto, se unió amorosamente con la
Electriona, de hermosos tobillos, en su lecho y cumplió
así su deseo; y, en esa misma noche, Anfitrión, que impulsa al pueblo al combate, héroe ilustre, después de haber rematado su gran hazaña, llegó a casa, y no corrió a
ver a los criados y boyeros antes de subir al lecho de su es- 40
posa: ¡tal deseo dominaba, en efecto, el corazón del pastor de pueblos!

[Y como cuando un hombre con alegría logra escapar
de un mal originado por una enfermedad o una fuerte
cadena, así entonces Anfitrión, habiendo cumplido hasta
el final una penosa empresa, con alegría y amor volvió a 45
su casa [13].]

Toda la noche estuvo acostado con su respetable esposa, gozando con los dones de la dorada Afrodita. Ella,
sometida a un dios y a un hombre, con mucho el mejor,
dio a luz en Tebas, la de las siete puertas, dos niños ge-
melos que, aunque no tenían sentimientos semejantes, 50
eran hermanos, uno inferior y el otro, en cambio, un
héroe mucho mejor, terrible y fuerte, el violento Heracles; el uno poseída por el Cronión, que cubre el cielo de
nubes; Ificles, por el contrario, por Anfitrión, que blande la lanza. Linaje distinto, el uno unida con un hombre 55
mortal, el otro con Zeus Cronión, jefe de todos los hombres.

---

13. Se consignan entre corchetes los pasajes, versos o palabras de
autenticidad discutida. Esta indicación no concierne a los epígrafes
en mayúsculas.

Éste también mató a Cicno, magnífico Aretíada. Lo
encontró en el recinto[14] del flechador Apolo, a él y a su
60 padre Ares, insaciable de guerra, resplandeciente con el
brillo de sus armas, como el de un fuego ardiente, pues-
tos de pie en el carro. Los rápidos caballos hacían resonar
la tierra, golpeándola con sus pezuñas, y una polvareda
les envolvía, al ser golpeada la tierra por los bien ajustados carros y las patas de los caballos. Los carros bien
construidos y sus cabezales resonaban al lanzarse los ca-
65 ballos. Se alegraba el irreprochable Cicno con la esperanza de matar con su bronce al belicoso hijo de Zeus y a su
auriga, y privarle de sus famosas armas. Pero no escuchó
sus súplicas Febo Apolo, pues él mismo lanzó contra él al
fuerte Heracles.

70 Todo el bosque y el altar de Apolo Pagaseo brillaba
bajo las armas del terrible dios y bajo él mismo; como
fuego salía resplandor de sus ojos. ¿Quién, siendo mortal, se habría atrevido a hacerle frente a aquél, excepto
75 Heracles y el ilustre Yolao?; [grande era, en efecto, la violencia de aquéllos y unas manos intocables nacían de sus
hombros sobre fuertes miembros.]

Él dijo entonces a su valeroso auriga Yolao:

«¡Héroe Yolao, el más amigo con mucho de todos los
80 mortales!, alguna falta grande cometió Anfitrión contra
los felices dioses del Olimpo, cuando llegó a Tebas la bien
coronada, después de abandonar Tirinte, la bien cons-
truida fortaleza, después de haber matado a Electrión a
causa de las vacas de ancha frente. Llegó suplicante ante
Creonte y Heníoca, de largo peplo, que lo abrazaron y
85 ofrecieron todos los dones que es deber para con los su-

14. Eurípides (Herac., 389 ss.) atestigua Anfaneas como sede de
Cicno, localidad poco distante del sitio en que tiene lugar el duelo:
zona apolínea de Págasas (no lejos de Yolco, cf. Euríp. Medea, 1 ss.),
cerca del Anauro. Toda la zona de Anfaneas-Págasas se llamaba Cic-
nitis.

plicantes; y, naturalmente, lo respetaron muy profunda-
mente. Vivía orgulloso con la Electriona, de bellos tobillos, su esposa; y, pronto, al pasar los años, nacimos nosotros, ni en físico ni en mente semejantes, tu padre y yo.

»A aquél Zeus le privó de mente, pues, después de   90
abandonar su casa y sus padres, se fue para honrar al impío Euristeo, ¡desdichado! En verdad muchas veces se lamentó luego al soportar su ruina; pero ésta no es revoca-
ble. A mí, en cambio, un dios[15] me encomendó penosos
trabajos.

[PREPARATIVOS PARA EL COMBATE]

»Amigo mío, tú toma rápidamente las purpúreas rien-   95
das de los caballos de rápidos pies y, acrecentando tu
gran valor en tu pecho, sostén todo derecho el rápido carro y los vigorosos caballos de rápidos pies, sin temer
nada el fragor de Ares, matador de hombres, que ahora,
enloquecido, hace resonar el sagrado bosque de Febo   100
Apolo, el soberano flechador. En verdad, aunque es valiente, se va a saciar de guerra».

A él, por su parte, le dijo el irreprochable Yolao:

«Amigo, verdaderamente honran tu cabeza el padre de
los hombres y los dioses y el dios de cabeza de toro[16],
Enosigeo, que ocupa las almenas de Tebas y protege la   105
ciudad, pues a este mortal, valeroso y grande, lo traen a

15. Frente a Homero, que culpa de los trabajos de Heracles a Hera,
por celos de Zeus, aquí es el pecado de Anfitrión el que motiva el
castigo.
16. Epíteto de Posidón. En Éfeso recibían también ese epíteto los
jóvenes ministros de sus fiestas. Esto debe unirse a la representación
habitual de los dioses fluviales con cuerpos de toro, por simbolizar
la fuerza fecundante, y Posidón era el dios del agua por excelencia
(cf. el toro que regala a Minos, el toro con que provoca la muerte de
Hipólito, etc.). El culto beocio de Posidón está bien atestiguado (cf.
Esq. *Siete,* 130).

tus manos para que alcances excelente gloria. Pero ¡ea!,
vístete tus belicosas armas, a fin de que con la mayor rapidez posible, acercando los carros, el de Ares y el nues-
110 tro, luchemos, puesto que ni al intrépido hijo de Zeus, ni
al de Ificles espantará, sino que pienso que él huirá de los
dos hijos del irreprochable Alcida, los cuales ya están cerca de él, deseando vivamente poner en pie el grito de guerra, cosa que le es mucho más querida que un banquete».
115 Así habló y sonrió el fuerte Heracles en su corazón,
pues le dijo muchas cosas agradables. Como respuesta le
dijo aladas palabras:
«Héroe Yolao, descendiente de Zeus, ya no está lejos el
duro combate; y tú, puesto que en anteriores ocasiones
120 fuiste valeroso, así también ahora al gran caballo Arión,
de azulada crin, hazlo girar en todos los sentidos y socó-
rreme como puedas».
Después de pronunciar estas palabras, colocó en torno
a sus piernas las grebas de brillante metal, famoso regalo
de Hefesto. Luego, en segundo lugar, puso alrededor de
125 su pecho una muy bella coraza de oro, muy labrada, que
le dio Palas Atenea, hija de Zeus, cuando por primera vez
iba a lanzarse a los dolorosos trabajos. A continuación,
colgó de sus hombros el hierro que protege contra la desgracia, hombre terrible. En torno a su pecho, por detrás,
130 situó el cóncavo carcaj, y, en él, muchas flechas terribles,
dispensadoras de muerte que hace olvidar la palabra: delante tenían muerte y sumergían en lágrimas, en medio,
pulidas, muy largas, y por detrás, cubiertas estaban con
135 alas de negro buitre. Cogió una fuerte lanza, con punta
de brillante bronce. Sobre su robusta cabeza puso un extraordinario casco, artísticamente labrado, de acero,
adaptado sobre las sienes, que protegía la cabeza del divino Heracles.
140 Con las manos tomó el refulgente escudo que nadie
consiguió romperlo, al alcanzarlo, ni abollarlo, admira-

ble de ver. En efecto, todo alrededor era brillante por el
yeso, el blanco marfil, el ámbar y el resplandeciente oro
[reluciente, y láminas de una sustancia azul oscura[17] lo
atravesaban]. En medio, hecho de acero, estaba Fobo,
que no se debe nombrar, mirando hacia atrás con sus   145
ojos resplandecientes de fuego; su boca estaba llena de
dientes blancos, terribles, espantosos, y sobre su horro-
rosa frente volaba temible, incitando al combate, Eris,
perniciosa, que quita el pensamiento y la mente a los héroes que le hacen la guerra al hijo de Zeus. [Sus almas se   150
sumergen en tierra, hacia la morada de Hades, y sus huesos, una vez descompuesta la piel a su alrededor, se pu-
dren en la negra tierra bajo el ardiente Sirio[18].]

Allí estaban labrados el Flujo y el Reflujo, y dentro bri-
llaban el Tumulto, el Asesinato y la Masacre, [allí se lan-   155
zaban con ímpetu Eris y la Confusión; y la funesta Ker,
con un guerrero vivo recién herido y otro ileso, a otro,
muerto en el combate, lo arrastraba por ambos pies; en
los hombros tenía un manto enrojecido por la sangre
de los héroes, lanzando una mirada terrible y haciendo   160
rechinar sus dientes].

Allí había doce cabezas de temibles serpientes, innombrables, que atemorizan a las tribus de hombres de la tierra [que se atreven a hacer la guerra frente al hijo de
Zeus]. Sus dientes rechinaban cuando luchaba el Anfitrioníada; estas obras admirables resplandecían y una es-   165

17. Similar a la del arca de Cípselo (Paus. V, 17, 5 ss.) y los círculos
del escudo de Agamenón *(Il.* XI, 33). *Cyano* era una pasta vítrea de
color azul intenso. Las láminas eran bandas concéntricas en las que
estaban las escenas descritas por el poeta. La figura del Temor ocupaba el centro del escudo, con una función apotropaica, como las figuras de ese tipo en la cerámica o en otros escudos (cf. Eur. *Fen.,*
1120, *Il.* XI, 26 ss.).
18. Astro que indica el período de la canícula (cf. *Tr.,* 587, Eur. *Hec.,*
1101).

pecie de motas aparecían sobre los terribles dragones,
azules en su espalda y con barbas ennegrecidas.

Allí había rebaños de robustos jabalíes y de leones que
170   se miraban entre sí irritados y ardorosos. Filas de éstos
avanzaban también en manada, ninguno de los dos temblaba, pero ambos erizaban sus cuellos, pues ya para
aquéllos yacía un enorme león, y de uno y otro lado dos
jabalíes privados de vida; bajo ellos, negra sangre caía en
175   tierra; éstos con el cuello inclinado hacia el suelo yacían
muertos por los terribles leones, mientras aquéllos, irritados, más aún se erguían para luchar, unos y otros, los
robustos jabalíes y los leones de brillantes ojos.

Allí había un combate de lanceros lapitas, a uno y otro
lado de su soberano Ceneo, de Driante, de Pirítoo, de
180   Hopleo, de Exadio, de Falero, de Próloco, del Ampícida
Mopso, Titaresio, descendiente de Ares, del Egeoda
Teseo, semejante a los Inmortales. Eran de plata, con ar-
maduras de oro en torno a su cuerpo. Del otro lado, en-
185   frente, se agrupaban los Centauros, en torno al enorme
Petreo, al divino Ásbolo, a Arcto, a Ureo, a Mimante, de
negra cabellera, y a los dos Peúcidas, Perimedes y Dríalo.
Eran de plata; con mazas de oro en sus manos. Con un
190   impulso, igual que si estuvieran vivos, se inclinaban hacia el mismo lugar con sus lanzas y sus mazas.

Allí estaban los áureos caballos de rápidos pies del terrible Ares; y allí también el propio Ares, funesto, portador de los despojos guerreros, con una lanza en sus manos, arengando a los soldados de infantería, enrojecido
por la sangre, como si matara a seres vivientes, subido en
195   un carro. Al lado estaban Terror y Miedo, ansiosos de
meterse en la guerra de hombres.

Allí la hija de Zeus, Tritogenia, amiga del botín, como
si quisiera incitar a la lucha, con una lanza en su mano,
200   un casco de oro y la égida sobre los hombros, marchaba
hacia la terrible batalla.

Allí estaba el sagrado[19] coro de Inmortales, y en medio, de un modo encantador, tocaba la cítara el hijo de Zeus y Letó, con una forminge de oro. [Era el sagrado Olimpo, sede de los dioses; allí un ágora y alrededor una felicidad sin fin se desplegaba en el certamen de los Inmortales.] Comenzaban su canto unas diosas, las Musas Piérides, como si entonaran armoniosamente. 205

Allí un puerto, estupendo fondeadero del invencible mar, circular, estaba hecho de estaño fundido, cual bañado por las olas. [Muchos delfines[20] a la vez en medio se lanzaban con ímpetu, aquí y allá, jugando, como si nadaran.] Dos delfines de plata soplando asustaban a los mudos peces; bajo ellos huían unos peces de bronce. En la orilla estaba sentado un hombre que parecía un pescador y tenía en sus manos una red, cual si se la fuera a lanzar a los peces. 210

Allí estaba el hijo de Dánae, de hermosa cabellera, el jinete Perseo, ni rozando el escudo con sus pies ni lejos de él, gran obra digna de observar, pues en ningún sitio se apoyaba. Así, en efecto, lo labró con sus manos el famoso cojo, de oro; en sus pies tenía las aladas sandalias; en sus hombros una nielada espada pendía de un tahalí de bronce; aquél, como un pensamiento, volaba y toda la 220

215

---

19. A la escena precedente se contrapone la paz y la alegría del espectáculo de la danza divina: Apolo con la cítara y las Musas cantando, de modo similar a como sucede en el arca de Cípselo (cf. Paus. V, 18, 4) o como se dice en *Himn. Ap.* 182-196, o en Hes. *Te.* 21.

20. Su amistad con los hombres y afán por salvarlos se explican mediante un mito: Dioniso, para pasar a Naxos, contrató a unos piratas tirrenos. Éstos decidieron cambiar de rumbo y dirigirse a Asia para vender a su pasajero como esclavo. El dios, al darse cuenta, transformó los remos en serpientes y llenó el barco de hiedra, a la vez que hacía resonar unas flautas invisibles. Los piratas, enloquecidos, se arrojaron al mar y fueron transformados, después, en delfines (piratas arrepentidos), convirtiéndose, de ese modo, en símbolo del mar en calma.

parte superior de su espalda tenía la cabeza de un terrible
225   monstruo, la Gorgona; lo envolvía una alforja de plata,
admirable de ver; brillantes franjas de oro flotaban; en
torno a sus sienes el terrible casco[21] del soberano Hades,
con la terrible oscuridad de la noche. El propio Danaida
Perseo se lanzaba con todas sus fuerzas como si realmen-
230   te se afanara y tuviera escalofríos de temor. Tras él, las
Gorgonas, terribles e innombrables, se apresuraban, de-
seosas de cogerlo. Al caminar ellas sobre el pálido acero,
resonaba, aguda y armoniosamente, el escudo con gran
ruido; sobre sus cinturas estaban suspendidos dos dra-
235   gones con las cabezas inclinadas hacia adelante. Los dos,
con su lengua, aguijoneaban y con una mirada salvaje
entrechocaban con fuerza sus dientes. Sobre las terribles
cabezas de las Gorgonas daba vueltas un horrible Temor[22].

Por encima de éstos, unos hombres luchaban con sus
belicosas armas, los unos tratando de alejar la desgracia
240   de su ciudad y de sus padres, los otros ansiosos de des-
truir todo. Muchos yacían muertos y un número aún mayor luchaba sosteniendo el combate. Las mujeres, sobre
torres de bronce bien construidas, daban agudos gritos y
desgarraban sus mejillas, cual si estuvieran vivas, obra
245   del famoso Hefesto. Los hombres que eran ancianos y la
vejez los dominaba estaban juntos fuera de las puertas y
tendían sus manos a los dioses, temiendo por sus hijos.
Éstos, por su parte, sostenían la lucha.

Detrás de ellos, las azuladas Keres, haciendo rechinar
250   sus blancos dientes, con aspecto terrible, tremendas,
sangrientas, espantosas, luchaban por los que caían; to-

---

21. Casco de la oscuridad que hacía invisible a quien lo llevaba (cf.
Il., V, 845; Platón, *Rep.* 612b; Aristf. *Acarn*, 390).
22. Debido a las serpientes que tenían las Gorgonas en lugar de cabellos.

das deseaban beber su negra sangre; sobre el primero
que sorprendían muerto o que acababa de caer arrojaban a la vez sus grandes uñas y su alma bajaba al Hades,
al helado Tártaro, mientras ellas, luego que saciaban de   255
sangre humana su corazón, lo arrojaban hacia atrás y,
volviendo de nuevo, se lanzaban al tumulto y al combate.
[A su frente estaban Cloto y Láquesis; la de menor tamaño, Átropo, no era en modo alguno una diosa grande,
pero verdaderamente ella era superior a las otras y la de   260
más edad. Todas sobre un solo héroe entablaban un
duro combate y se lanzaban, irritadas, terribles miradas
unas a otras y empleaban por igual sus uñas y valientes
manos.]

Al lado estaba la Tiniebla[23], lamentable y terrible, pá-   265
lida, negruzca, encogida por el hambre, con las rodillas
hinchadas, largas uñas salían de sus manos; de sus nari-
ces fluían mucosidades y de sus mejillas caía sangre hacia
tierra; ella, contrayendo la boca de modo terrible, estaba
de pie, y sobre sus hombros flotaba mucho polvo, empa-
pado por las lágrimas.

Cerca una ciudad humana de bellas torres, a la que   270
cerraban siete puertas de oro adaptadas a sus dinteles;
sus hombres, con fiestas y coros, se complacían: en un
carro de bellas ruedas le conducían la esposa a su marido y un enorme Himeneo se levantaba; lejos daba vuel-   275
tas la llama de las antorchas que ardían en las manos de
las esclavas; ellas, felices por la fiesta, iban delante y las
seguían los coros danzando; ellos, al son de sus armo-
niosas zampoñas, lanzaban su voz con sus delicadas bocas, y en su entorno se rompía el eco, mientras ellas, a   280
ritmo de forminges, formaban un coro encantador;
[allí, en otro lado, unos jóvenes iban por las calles cantando y danzando al son de flauta]; aquéllos, por su par-

---

23. La muerte.

te, avanzaban al son del coro y del canto [y, a su vez, éstos riendo, cada cual al ritmo de su flautista]. Banque-
285 tes, coros y fiestas dominaban toda la ciudad. Otros, en cambio, delante de la ciudad, se lanzaban impetuosos a lomos de caballos.

Los labradores araban la divina tierra con sus túnicas recogidas; la cosecha era abundante; unos cortaban con sus agudos instrumentos las cañas cargadas de espigas
290 que se doblaban, como si fuera el trigo de Deméter; otros, con vencejos las ataban y las arrojaban en la era; otros vendimiaban las viñas, con hoces en sus manos; [otros, a las cestas llevaban los racimos blancos y negros recolectados
295 por los vendimiadores de los grandes viñedos cargados de hojas y de sarmientos de plata]; otros, a su vez, los llevaban a los cestos. Junto a ellos había un viñedo de oro, famosa obra del muy sabio Hefesto, [que se agitaba, con sus hojas y plateadas cañas], cargado de racimos; [a su vez,
300 unos danzando, cada cual al son de su flautista]; éstos[24] eran negros. Unos pisaban la uva, otros la recogían.

Otros practicaban el pugilato y lucha de arrastre; otros, cazadores, intentaban coger liebres de rápidos pies, y delante dos perros de agudos dientes, los primeros
305 deseando cogerlas, las otras intentando escapar. Junto a ellos, unos jinetes se afanaban, combatían y se esforzaban por un premio; los aurigas que marchaban sobre unos bien trenzados carros lanzaban a los rápidos caballos soltando las riendas; los bien ajustados carros volaban haciendo ruido sobre la tierra, y los cubos de las
310 ruedas chirriaban con fuerza. Aquéllos se esforzaban eternamente y nunca lograban alcanzar la victoria, sino que mantenían un combate indeciso; tenían como premio en la competición un gran trípode de oro, obra extraordinaria del muy sabio Hefesto.

24. Los racimos.

En la orilla fluía Océano, cual si se desbordara, y ocupaba toda la orla del escudo artísticamente labrado; en 315 él, unos cisnes de alto vuelo daban fuertes graznidos y otros muchos nadaban en la superficie del agua. A su lado, unos peces se arremolinaban, admirable de ver incluso para el resonante Zeus, por cuyas decisiones hizo Hefesto el grande y fuerte escudo, acoplándolo con sus manos.

Éste lo blandía con fuerza el valeroso hijo de Zeus; y de 320 un salto subió al carro de caballos, semejante al rayo de su padre Zeus, portador de la égida, avanzando con pie ligero; y su valeroso auriga Yolao, en pie, dirigía recto el curvado carro.

A ellos se acercó la diosa Atenea de ojos verdes y, animándolos, les dijo aladas palabras:

«¡Salud, linaje del célebre Linceo! Ojalá Zeus, que gobierna entre los Inmortales, os conceda el poder de matar a Cicno y despojarle de las famosas armas. Pero te 330 diré otra palabra a ti, el más grande de los combatientes: cuando prives a Cicno de la dulce vida, a él déjale luego también sus armas y, observando tú mismo el ataque de Ares, funesto para los mortales, donde lo veas desprovisto del artístico escudo, allí con el agudo bronce hiérelo, pero retírate de nuevo, puesto que no te está marcado por el destino coger ni sus caballos ni sus famosas armas».

[COMBATE]

Después de hablar así, subió al carro la divina entre las diosas, con la victoria y la gloria en sus inmortales manos.

Entonces el divino Yolao de modo terrible incitaba a 340 los caballos; ellos, bajo su mandato, rápidamente llevaban el veloz carro cubriendo de polvo la llanura, pues a

ellos infundió valor la diosa Atenea de ojos verdes que
blande la égida, y a su alrededor gimió la tierra.

345 Juntos, por su parte, avanzaban ellos, semejantes al
fuego o a una tormenta, tanto Cicno, domador de caballos, como Ares, insaciable de guerra, y luego que sus caballos, enfrentados unos a otros, relincharon agudamen-
te y a su alrededor se quebraba el eco, a él le dirigió la
palabra primero el fuerte Heracles:

350 «¡Amigo Cicno!, ¿por qué dirigís los rápidos caballos
contra nosotros, unos hombres que somos conocedores
del esfuerzo y la miseria? Pues bien, aparta tu bien cons-
truido carro y cede parte del camino para que pasemos;
me dirijo a Traquis, a casa del soberano Ceix, que destaca
355 en Traquis por su poder y respeto, como tú mismo lo sa-
bes también muy bien, pues estás casado con su hija Temistonoa, de oscuros ojos.

»¡Amigo mío!, no impedirá tu muerte Ares, si llega-
mos al acuerdo de combatir. Te aseguro que ya también
360 otra vez ha probado aquél nuestra lanza, cuando en defensa de la arenosa Pilo[25] me hizo frente, deseando con
fuerza la lucha. Tres veces golpeado por mi lanza cayó a
365 tierra con su escudo destrozado, y a la cuarta le alcancé
un muslo, afanándome con gran fuerza, y un gran desgarro le hice, por lo que boca abajo cayó a tierra en medio
del polvo por el empuje de mi lanza. Entonces hubiera
sido ultrajado entre los Inmortales, dejando en nuestras
manos los ensangrentados despojos...».

Así habló, pero el buen lancero Cicno no pensaba,
por obedecerlo a él, retener los caballos que tiran del ca-
370 rro. Entonces desde los bien construidos carros saltaron

25. Esto sucedió durante la expedición de Heracles contra Neleo de
Pilo, motivada, según la leyenda, por la ayuda que éste prestó a los
Minias de Orcómeno en guerra con Heracles, o porque intentó ro-
bar al héroe parte de los rebaños de Gerión.

al punto a tierra el hijo del poderoso Zeus y el del soberano Enialio, mientras los aurigas incitaban a los caballos de hermosas crines y, bajo la agitación de sus patas, resonaba la ancha tierra, y, como cuando desde la alta cumbre de una inmensa montaña se lanzan las piedras, 375 y caen unas sobre otras, a la vez que muchas encinas de elevado follaje, muchos pinos y álamos negros de largas raíces son arrancados por ellas, al rodar con gran velocidad hasta que llegan a la llanura, así con gran griterío cayeron uno sobre otro, de modo que toda la ciudad de 380 los Mirmidones, la famosa Yolco, Arne, Hélice y la herbosa Antea resonaron con fuerza bajo la voz de ambos. Ellos, con el terrible alalá, se enfrentaron y el prudente Zeus dio un gran trueno, [y desde el cielo arrojó gotas de sangre], como contraseña de guerra para su valeroso 385 hijo.

Cual en los valles de un monte un jabalí de aguzados colmillos, difícil de ver, se dispone a luchar con fuerza contra los cazadores, y con la cabeza de lado aguza su blanco diente, a la vez que la espuma se desliza por su boca, al rechinar sus dientes, y sus ojos se asemejan al 390 ardiente fuego, con las cerdas del espinazo y del cuello erizadas, semejante a éste, se lanzó desde su carro de caballos el hijo de Zeus.

Cuando la cantora cigarra de oscuras alas, que como bebida y alimento tiene el fresco rocío, posada en una 395 verde rama, empieza a cantar el verano para los hombres, y durante todo el día, desde la mañana, derrama su voz en el más terrible calor, cuando Sirio quema la piel, entonces [en torno a los mijos que se siembran en verano las aristas ya están en plenitud, cuando las uvas verdes se tiñen de variados colores, dones que 400 Dioniso concedió a los hombres para su alegría y pesar, durante ese tiempo] luchaban, y un gran estrépito se levantaba.

Como dos leones[26] sobre una cierva muerta se lanzan,
irritándose uno contra otro, y terrible es su rugido, a la
vez que les rechinan sus dientes...

405   [Aquéllos, como buitres de curvadas uñas y corvo pico
en una elevada roca, con violentos graznidos luchan por
una cabra montaraz, o una cebada cierva salvaje, que
abatió, después de haberla alcanzado con la flecha de su

410   arco, un hombre robusto, pues él, desconocedor de la región, se va por otro lugar, mientras que ellos se dan cuentan rápidamente y a toda velocidad entablan entre sí una
dura lucha por ella; así, aquéllos chillando se lanzan uno
sobre otro.]

Entonces Cicno, deseoso de matar al hijo del muy valero-
415   so Zeus, lanzó contra su escudo la broncínea jabalina, pero
no le rasgó el bronce, sino que el regalo del dios lo salvó.

El Anfitrioníada, el fuerte Heracles, por su parte, en
medio del casco y del escudo con su larga lanza, le alcanzó rápidamente el cuello desnudo, bajo la barba y la ase-
420   sina lanza le cortó los tendones, pues la gran fuerza del
héroe allí fue a caer. Se derrumbó, como cuando se des-
ploma una encina o un pino muy elevado, golpeado por
el humeante rayo de Zeus; así se desplomó y en torno a él
resonaron las abigarradas armas de bronce.

425   A él lo dejó luego el valeroso hijo de Zeus y él mismo se
puso a vigilar el ataque de Ares, funesto para los mortales, lanzando una mirada temible con sus ojos, como un
león que se encuentra con un animal y, después de desgarrar muy ávidamente su piel con sus fuertes uñas, le priva
lo más rápidamente posible de su dulce vida, y se llena de
430   furia su negro pecho, lanzando con sus dos ojos unos te-

---

26. Concepción similar a la que se representa de modo constante en
tumbas y en elementos relacionados con la muerte, o con otros fines
(cf. la escena de dos leones devorando un toro en Museo de la Acró-
polis de Atenas).

rribles destellos, a la vez que fustiga sus costados y su espalda con la cola y excava en el suelo con las patas, de
modo que nadie se atreve, al verlo, a ir a su encuentro y
atacarlo; tal, en efecto, el Anfitrioníada, insaciable de lucha, se detuvo frente a Ares, acrecentando el valor de su
pecho. Aquél se le acercó irritado en su corazón. [Ambos   435
gritando se lanzaron uno sobre otro.]

   Como cuando desde lo alto de un pico se desprende
una roca y, al rodar, va dando grandes saltos y, con ruido,
avanza incontrolable, hasta que encuentra una elevada
colina y, al chocar con ella, se queda allí retenida, así el fu- 440
nesto Ares, que hace plegar un carro bajo sus pies, se lanzó gritando y él[27] lo recibió con firmeza. Luego Atenea,
hija de Zeus, portadora de la égida, salió al encuentro de
Ares con la negra égida y mirándolo de reojo, de un
modo terrible, le dijo aladas palabras: 445

   «¡Ares!, retén tu poderosa fuerza y tus invencibles manos; pues no te es lícito quitarle la ilustre armadura, ha-
biéndolo matado, a Heracles, el valeroso hijo de Zeus;
pero ¡ea!, cesa en tu lucha y no me hagas frente».

   Así habló, pero no convenció al orgulloso ánimo de   450
Ares, sino que él, dando un enorme grito, blandiendo sus
armas semejantes a la llama, se lanzó rápidamente contra
el fuerte Heracles, ansioso de matarlo, y le arrojó la broncínea lanza sobre el enorme escudo, irritado por la muerte de su hijo. Pero Atenea, de ojos verdes, extendiendo los 455
brazos desde su carro, desvió el impulso de la lanza; un
violento dolor se apoderó de Ares y, sacando su aguda espada, se lanzó sobre el valiente Heracles, pero el Anfitrioníada, insaciable del cruel combate, lo hirió fuertemente   460
en un muslo desprotegido por el artístico escudo, produ-
ciéndole un enorme desgarro con la lanza, y lo arrojó en
medio de la tierra.

27. Heracles.

[FINAL]

Le acercaron Temor y Pánico el carro de bellas ruedas
465 y los caballos, y, después de levantarlo de la tierra de anchos caminos, lo colocaron en el bien trabajado carro; y
al punto fustigaron luego a los caballos para llevarlo al
Olimpo.

El hijo de Alcmena y el glorioso Yolao, una vez que le
quitaron a Cicno las bellas armas de sus hombros, se fueron y llegaron en seguida a la ciudad de Traquis con sus
rápidos caballos.

470 Por su parte, Atena, de ojos verdes, se fue al elevado
Olimpo, a las moradas de su padre.

A Cicno lo enterró Ceix y una multitud inmensa, los
que habitan cerca de la ciudad del ilustre rey, [Ante, la
475 ciudad de los mirmidones, la famosa Yolco, Arne, Hélice;
y mucha gente se congregó], honrando a Ceix, amigo de
los dioses inmortales. Pero su tumba y su túmulo los hizo
invisibles el Anauro crecido con las lluvias de las tormentas; pues así lo ordenó Apolo, hijo de Letó, porque, ace-
480 chando a los que llevaban espléndidas hecatombes a Pito,
se las robaba con violencia.

CERTAMEN

ESTRUCTURA

A) 1-76: INTRODUCCIÓN: presentación de contrincantes y de
            juegos:
              1-62: Contrincantes: Hesiodo (1-6); Homero
                     (patria, 7-17; padres, 18-28; nombre, 29-
                     44); relación entre ambos poetas y genealo-
                     gía (45-55); Oráculo de la Pitia a Homero
                     (56-62).
              63-76: Juegos en memoria de Anfidamante.

B) 77-207: COMPETICIÓN:
              77-97:   Ideales para los hombres.
              97-104: Aporías.
              105-139: Ambigüedades.
              140-152: Combatientes de Troya.
              153-180: Lo mejor y lo peor.
              181-207: Lo más bello de sus poemas: Hesiodo
                       (181-92), Homero (192-207).

C) 208-213: VICTORIA DE HESIODO.
D) 214-257: VIDA DE HESIODO DESPUÉS DEL TRIUNFO:
              214-226: Ofrenda del trípode y consulta al oráculo.
              227-236: Estancia y asesinato en Énoe.
              237-250: Aparición del cadáver y castigo de los ase-
                       sinos.
              251-257: Entierro y epigrama en Orcómeno.

E) 258-345: ACTIVIDAD DE HOMERO DESPUÉS DE SU DERROTA:
              258-327: Rapsodo errante (corte de Midas, Corinto,
                       Argos, Delos) que obtiene múltiples hono-
                       res (copa, estatua, ciudadanía) a la vez que
                       compone sus obras.
              328-345: Muerte y epigrama.

[INTRODUCCIÓN]

Todos los hombres se jactan de que Homero y Hesiodo, los poetas más divinos, son conciudadanos suyos. Sin embargo, Hesiodo, al nombrar su propia patria, apartó a todos de la disputa, diciendo que su padre se estableció cerca del Helicón en una penosa aldea, Ascra, mala en invierno, terrible en verano y nunca buena. 5

Pero todas las ciudades y sus habitantes, por así decir, afirman que entre ellos ha nacido Homero. En primer lugar, los de Esmirna sostienen que, por ser hijo de Meles, su río, y de la ninfa Creteida, se llamó primeramente Melestígenes, pero, después, al quedarse ciego, cambió ese 10 nombre por el de Homero, por ser así como se designa a los hombres de esa condición entre ellos.

Los de Quíos, por su parte, aportan pruebas en el sentido de que era conciudadano suyo y de que sobreviven entre ellos algunos de su linaje que se llaman Homéridas. 15

También los de Colofón muestran el lugar en el que dicen que siendo maestro de gramática, se inició en la poesía y compuso en primer lugar el *Margites*.

Asimismo acerca de sus padres es grande el desacuer-
20 do entre todos. Helánico y Cleantes hablan de Meón. Eugeón de Meles, Calicles de Mnaságoras, Demócrito el de
Trecén, del comerciante Daemón, algunos de Támiras,
los egipcios de Menémaco, sacerdote que interpreta las
sagradas escrituras, y hay quienes hablan de Telémaco el
25 de Odiseo. En cuanto a su madre, unos mencionan a Metis, otros a Creteida, otros a Temista, otros a Hirneto, algunos a cierta Idacesia que fue vendida como esclava por
los fenicios, otros a Calíope, la musa, algunos a Policasta
la de Néstor.

Él se llamaba Meles, o, como dicen algunos, Melesíge-
30 nes, o, según otros, Altes. Cuentan unos que recibió el
nombre de Homero, porque su padre fue entregado
como rehén[1] por los chipriotas a los persas, pero otros
dicen que fue a causa de la privación de la vista, pues así
se llama entre los eolios a los ciegos.

Pues bien, vamos a exponer lo que precisamente he-
mos oído que en tiempos del divinísimo emperador
35 Adriano[2] se dijo por la Pitia sobre Homero. En efecto, al
preguntarle el soberano de dónde y de quién era Homero, respondió en hexámetros del modo siguiente:

«*Me preguntas el linaje desconocido y la tierra patria
de una inmortal sirena*[3]. *Por su residencia es de Ítaca,*
40 *su padre es Telémaco y su madre Epicasta, la hija de Nés-*
tor, que lo engendró con mucho el más sabio de los mor-
tales».

1. La palabra *homeros* significa 'rehén'.
2. Estuvo en Grecia en 125 a.C., después de un viaje a Asia Menor, y
en el 120 a.C. dedicó el Olimpeion de Atenas.
3. Las sirenas (cf. Glosario *infra*) prometían amplios conocimien-
tos a quienes las seguían y su melodioso canto atraía irremediable-
mente a los navegantes que lo escuchaban. Aquí se atribuyen a Homero, como *cantor*, las mismas facultades.

En esto, pues, se debe confiar, a causa de la dignidad del que preguntó y de la que respondió, especialmente por haber celebrado con tanta grandeza el poeta en sus versos a su abuelo[4].

Pues bien, unos dicen que es anterior a Hesíodo, pero otros afirman que es más joven y pariente suyo, para lo que trazan la siguiente genealogía: de Apolo y Etusa, la de Posidón, nació Lino; de Lino, Piero; de Piero y la ninfa Metona, Eagro; de Eagro y Calíope, Orfeo; de Orfeo, Dres ⟨de él, Eucles⟩; de éste, Yadmónides; de él, Filoterpes; de él, Eufemo; de él, Epifrades; de él, Melanopo; de éste, Dío y Apeles; de Dío y Picimeda, la hija de Apolo, Hesíodo y Perses; de Apeles, Meón, y de Meón y la hija del río Meles, Homero[5].

Algunos cuentan que eran coetáneos, de modo que incluso compitieron en Áulide de Beocia, pues Homero, después de haber compuesto el *Margites,* iba de ciudad en ciudad recitándolo y habiendo ido a Delfos preguntó cuál era su patria y la Pitia le dijo:

«*Patria de tu madre es la isla de Íos, que te acogerá cuando mueras, pero guárdate del enigma de los jovencitos*»[6].

Él, después de escucharlo, intentó evitar la vuelta a Íos y pasaba el tiempo en aquella región[7].

En ese mismo tiempo Ganíctor, celebrando los juegos fúnebres[8] por su padre, Anfidamante, el rey de Eubea,

---

4. Odiseo.

5. Todos, o casi todos, los nombres que aquí se dan están ligados a la poesía y a la música: poetas como Lino y Orfeo; Piero, padre legendario de las Musas; Filoterpes (*amigo* de la alegría'); Eufemo ('*de* bella voz'); Epífrades ('cuidadoso/atento').

6. Cf. final del certamen (líneas 330 y ss.).

7. Grecia central.

8. Los grandes juegos (Olímpicos, Píticos, Ístmicos, Nemeos...) tuvieron en principio un carácter fúnebre, pues, según parece, se instituyeron en sustitución de los primeros sacrificios humanos. Sin embargo, en la *Ilíada,* en los funerales de Patroclo, aparecen juntos

convocó a todos los hombres que se distinguían, tanto por su fuerza y rapidez como por su sabiduría, para que participaran en la competición, recompensándolos con importantes premios. Así, por casualidad, según cuentan, se encontraron uno con otro en Calcis. Como jueces de la competición se sentaron hombres ilustres de Calcis
70 y, junto con ellos, Panedes, que era hermano del muerto.

Aunque ambos poetas habían competido de un modo admirable, dicen que venció Hesiodo de este modo: adelan-
75 tándose hasta el centro, iba haciendo una pregunta tras otra a Homero y Homero respondía. Pues bien, dijo Hesiodo:

[COMPETICIÓN]

«Hijo de Meles, Homero, que conoces los designios de los dioses, ea, dime lo primero de todo, ¿qué es lo mejor para los mortales?».

Homero: *«Ante todo, lo mejor para los que habitan so-*
80 *bre la tierra es no nacer, pero, si han nacido, lo mejor es atravesar lo más pronto posible las puertas del Hades»*[9].

Hesiodo de nuevo:

«Ea, dime también esto, Homero semejante a los dioses, ¿qué piensas que es lo más bello en el corazón de los mortales?».

Aquél:

85 *«Cuando la alegría reine en el pueblo y en las casas los comensales oigan al aedo, sentados unos tras otros; y a su*

juegos y sacrificios. Los concursos solían ser de tres tipos: hípicos, musicales (danza, música y canto) y gimnásticos (pentatlón –salto, carrera, lanzamiento de disco, lanzamiento de jabalina, lucha–, pugilato, pancracio). Pero más tarde se irán incorporando otros.

9. Visión pesimista de la vida que aparecía con frecuencia en la literatura antigua; cf. Homero: «cual las hojas así el linaje de los hombres»..., o Píndaro: «el hombre es el sueño de una sombra», etc.

lado las mesas estén llenas de pan y carnes; y el escancia-
dor, sacando la bebida de la cratera[10]*, la lleve y la vierta en*
las copas. Esto me parece que es lo más bello en un cora- 90
zón».

Una vez pronunciadas estas palabras, dicen que los
versos fueron admirados con tanto entusiasmo por
los helenos que se denominaron *áureos*[11] y aún ahora en
las fiestas públicas antes de los banquetes y de las libaciones todos los solicitan.

Hesiodo, irritado por el éxito de Homero, se lanzó a 95
hacer preguntas difíciles y dijo los siguientes versos:

«No me cantes nada del presente, del futuro y del pasa-
do, sino que recuérdame un canto distinto»[12].

Homero, queriendo resolver en seguida la dificultad, 100
afirmó:

«Nunca sobre la tumba de Zeus harán chocar sus carros
los caballos de resonantes cascos disputando por la victo-
ria»[13].

Como salió bien de éstos, Hesiodo se lanzó a senten- 105
cias equívocas: pedía que, cuando él pronunciara unos
versos, Homero respondiera de modo conveniente a
cada uno de ellos.

Pues bien, el primero es de Hesiodo y el segundo de
Homero, aunque a veces Hesiodo hace la pregunta con
dos versos.

---

10. Vasija de amplia boca en la que se mezcla el vino con el agua,
pues los griegos consideran de pueblos salvajes el beber vino puro.
La forma o posición de sus asas determinan los cuatro tipos funda-
mentales: de cáliz, de campana, de volutas y de columnas.
11. Cf. también leyenda áurea, número áureo, etc.
12. Alusión a las invocaciones que de modo constante aparecen en
la obra de Homero, para pedir la inspiración de la divinidad sobre
el tema que va a tratar.
13. Como Zeus es inmortal, este canto no entra ni en el presente, ni
en el pasado, ni en el futuro.

110   (HES.:) *Luego tomaron como cena carne de bueyes y cuellos de caballos*

(HOM.:) *sudorosos los dejaron libres cuando se saciaron de guerra.*

(HES.:) *Y los frigios, que son los mejores de todos los hombres en las naves*

(HOM.:) *para quitarles a los piratas en la costa la comida.*

(HES.:) *Para arrojar con sus manos flechas contra las tribus de los funestos gigantes.*

115   (HOM.:) *Heracles quitó de los hombros los curvados arcos.*

(HES.:) *Ese hombre es hijo de un hombre noble y de cobarde*

(HOM.:) *madre, puesto que la guerra es penosa para todas las mujeres.*

(HES.:) *Pero tu padre y tu venerable madre se unieron*

(HOM.:) *engendrando tu cuerpo por obra de la dorada Afrodita.*

120   (HES.:) *Cuando fue poseída en matrimonio, la flechadora Ártemis*[14]

(HOM.:) *a Calisto mató con su arco de plata.*

(HES.:) *Así ellos todo el día comían, sin tener nada*

(HOM.:) *de casa, sino que se lo ofrecía Agamenón, señor de hombres.*

(HES.:) *Después de haber cenado, en la encendida ceni-*
125 *za reunían los blancos huesos de Zeus*[15], *una vez muerto*

(HOM.:) *el muy valeroso hijo, Sarpedón semejante a un dios.*

(HES.:) *Y nosotros, por la llanura del Simunte así sentados, recorramos desde las naves el camino teniendo sobre los hombros*

14. Ártemis es la diosa virgen por excelencia (cf. Eur. *Hip.*), de ahí la ambigüedad.
15. Ambigüedad provocada por el orden de las palabras al ser Zeus inmortal.

(Hom.:) *espadas provistas de empuñadura y venablos de cubo largo.*

(Hes.:) *Ya entonces los muchachos mejores con sus manos del mar* 130

(Hom.:) *alegres y con entusiasmo sacaron la nave que rápidamente navega.*

(Hes.:) *A Cólquide luego llegaban y del rey Eetes*

(Hom.:) *escapaban, puesto que lo sabían inhospitalario e impío.*

(Hes.:) *Pero cuando hicieron una libación y bebieron la ola del mar*

(Hom.:) *iban a atravesar sobre naves bien provistas de* 135 *remos.*

(Hes.:) *El Atrida para todos ellos deseaba enormemente que perecieran*

(Hom.:) *nunca en el mar.*

(Hes.:) *Y habiendo tomado la palabra, decía: comed, extranjeros y bebed; ¡ojalá ninguno de vosotros regrese a casa, a su querida patria*

(Hom.:) *dañado, sino que indemnes volváis de nuevo a* 140 *casa!*

Y, como había respondido bien a todo Homero, Hesiodo le dijo de nuevo:

«*Enumérame, a mí, que te lo estoy preguntando, tan sólo esto, ¿cuántos aqueos fueron con los Atridas a Ilión?*».

Aquél, por medio de un problema de cálculo, respon- 145 dió así:

«*Cincuenta eran los hogares de fuego, y en cada uno había cincuenta asadores y cincuenta trozos de carne alrededor; y tres veces trescientos aqueos había en torno a cada trozo de carne*».

Esto se convierte en una multitud increíble, pues sien- 150 do cincuenta los hogares, se convierten los asadores en dos mil quinientos y en ciento veinticinco mil los trozos de carne...

Como era superior en todo Homero, Hesiodo, lleno de envidia, comienza de nuevo:

«*Homero, hijo de Meles, si precisamente te honran las*
155 *Musas, hijas del poderoso Zeus supremo, como se cuenta, di, poniéndolo en verso, qué es lo mejor y lo peor para los mortales, pues deseo escucharlo*».

Él dice:

«*Hesiodo, hijo de Dío, me ordenas que yo voluntaria-*
160 *mente diga eso; por tanto yo, jubiloso, te lo contaré: el más bello de los bienes será ser comedido consigo mismo, y de todos los males el más odioso también. Y pregunta todo lo que tu ánimo desee*».

(HES.:) *¿Cómo y con qué costumbres se administrarían mejor las ciudades?*

165 (HOM.:) *Si no quieren lucrarse por medios vergonzo-sos; si los buenos son honrados y a los injustos se les impone justicia.*

(HES.:) *¿Qué es lo mejor que se le puede pedir a los dio-ses?*

(HOM.:) *Estar bien regido en todo tiempo.*

(HES.:) *¿Puedes decir del modo más breve posible lo que es mejor por naturaleza?*

170 (HOM.:) *En mi opinión, mentes buenas en los cuerpos de los hombres.*

(HES.:) *¿Qué poder tienen la justicia y el valor?*

(HOM.:) *El de ayudarnos en nuestros afanes.*

(HES.:) *¿Cuál es el fin de la sabiduría entre los hom-bres?*

(HOM.:) *Conocer correctamente lo que sucede y aco-modarse a las circunstancias.*

175 (HES.:) *¿En qué asunto vale la pena confiar en los mor-tales?*

(HOM.:) *En las cosas que un mismo peligro amenaza nuestro trabajo.*

(HES.:) *¿Qué es la felicidad para los hombres?*

(Hom.:) *Morir después de haber sufrido lo mínimo y haber gozado lo máximo.*

Después de estos versos, todos los griegos pedían que se 180 coronara a Homero, pero el rey Panedes ordenó que cada uno recitara lo más bello de los propios poemas.

Pues bien, Hesíodo dijo el primero:

«*Al aparecer las Pléyades nacidas de Atlas, empezad la cosecha y al ocultarse la labranza; ellas permanecen ocul-* 185 *tas durante cuarenta noches y cuarenta días, y al completarse el año de nuevo se muestran, tan pronto como se afila el hierro.*

»*He aquí la ley de los campos, tanto para los que habitan cerca del mar como para los que, lejos del ponto, ocu-* 190 *pan encajonados valles: sembrar desnudo, labrar desnudo, cosechar desnudo, cuando cada cosa esté en sazón*»[16].

Después de él, Homero:

«*A un lado y otro de los dos Ayantes se pusieron fuertes falanges, a las que ni Ares, si hubiera participado, habría* 195 *despreciado, ni Atena, que impulsa al pueblo al combate. Pues los considerados mejores aguardaban a los troyanos y al divino Héctor apretando lanza con lanza, escudo con escudo; el escudo se oponía al escudo, el casco al casco y al hombre el hombre. Tocaban los cascos de crines de caba-* 200 *llos con brillantes cimeras cuando movían la cabeza. ¡Tan apretados se enfrentaron unos con otros!*[17].

»*Se erizó la lucha que hace perecer a los mortales con las largas lanzas que tenían para desgarrar los cuerpos. Sus dos ojos cegaba el broncíneo resplandor de los brillantes cascos, de las corazas recién pulimentadas y de los brillantes escudos, al avanzar conjuntamente. Muy atrevido sería el que* 205 *entonces se alegrara viendo la batalla y no se afligiera*» [18].

---

16. *Tr.* 383-92.
17. *Il.* XII, 126-33.
18. *Il.* XIII, 339-44.

[VICTORIA DE HESIODO]

Como también en esto habían admirado a Homero, lo
alababan, en la idea de que sus palabras estaban por en-
210 cima de lo común. Pero el rey coronó a Hesiodo, diciendo que era justo que venciera el que incitaba al cultivo de
la tierra y a la paz, no el que describía guerras y asesinatos.

[VIDA DE HESIODO DESPUÉS DEL TRIUNFO]

Así dicen que alcanzó Hesiodo la victoria y después de
215 haber tomado el trípode de bronce se lo ofreció a las Musas con la siguiente inscripción:

Lo dedicó Hesiodo a las Musas del Helicón, después de ha-
ber vencido con un himno al divino Homero en Calcis.

Terminado el certamen, Hesiodo zarpó hacia Delfos
para consultar el oráculo y ofrecer al dios las primicias de
220 la victoria. Al llegar al templo cuentan que la profetisa,
que estaba en trance, dijo:
«*Dichoso este hombre que cuida de mi casa, Hesiodo*
honrado por las Musas inmortales, en verdad tu fama lle-
225 *gará a tanto cuanto se extiende la aurora, pero guárdate*
del hermoso bosque de Zeus Nemeo. Allí está determinada
por el destino tu muerte».
Hesíodo, como había oído este oráculo, se mantenía
retirado del Peloponeso, porque pensaba que el dios se
refería a la Nemea de allí, y yendo a Énoe de Lócride se
230 hospedó en casa de Anfífanes y Ganíctor, hijos de Feges,
por no haber comprendido el oráculo, pues todo este lugar se llamaba santuario de Zeus Nemeo. Como había
pasado demasiado tiempo entre los eneos, los jóvenes,
sospechando que su hermana había cometido adulterio

con Hesiodo, lo mataron y lo arrojaron al mar entre 235
Eubea y Lócride.

Pero, al ser devuelto el cadáver a tierra al tercer día por
unos delfines[19], cuando se celebraba una fiesta local en honor de Ariadna, todos corrieron a la playa y, al reconocer el
cuerpo, después de haberlo llorado, lo enterraron y busca-
ron a los asesinos. Éstos, por temor a la irritación de los 240
ciudadanos, fletando una nave de pesca zarparon hacia
Creta, pero a ellos, en medio de la travesía, Zeus, fulminán-
dolos, los hundió, según cuenta Alcidamante en el *Museo*.
Eratóstenes, en cambio, dice en *Hesiodo* que Ctímero y An- 245
tifo, los hijos de Ganíctor, después de haberlo matado por
la causa antes indicada, fueron inmolados en honor de
⟨los⟩ dioses protectores de la hospitalidad por indicación
de Euricles el adivino. En cuanto a la joven, la hermana de
los antes mencionados, dicen que se ahorcó después de la
deshonra, pero que fue seducida por cierto extranjero
compañero de viaje de Hesiodo, de nombre ⟨Troilo⟩, que 250
cuentan que también fue víctima de aquéllos.

Luego los de Orcómeno, de acuerdo con el oráculo,
cambiándolo, lo enterraron en su patria y grabaron sobre
su tumba el siguiente epitafio:

Ascra fue su patria opulenta, pero, después de muerto, la 255
*tierra de Minias, domadora de caballos, tiene los huesos de
Hesiodo, cuya fama entre los hombres es la máxima, cuando se les somete a prueba con la piedra de toque de la sabiduría.*

[ACTIVIDAD DE HOMERO DESPUÉS DE SU DERROTA]

Todo esto es lo que se cuenta de Hesiodo. Pero Homero, por su parte, al no alcanzar la victoria, yendo por to-

---

19. Cf. n. 20 de *Esc.*

das partes, recitaba sus poemas, primeramente la *Tebai-*
260 *da,* de siete mil versos, cuyo comienzo es:

Canta, diosa, la árida Argos, donde soberanos...

Luego los *Epígonos,* de siete mil versos, que empie-
zan:

Ahora, por otra parte, comencemos, Musas, por los
hombres más jóvenes...,

pues algunos afirman que también éstas son obras de
265 Homero. Y habiendo oído sus versos los hijos del rey Midas, Janto y Gorgo, le pidieron que compusiera un epigrama para la tumba de su padre, sobre la que había una
joven de bronce lamentando la muerte de Midas, y compuso el siguiente:

Doncella de bronce soy y estoy sentada sobre la tumba
270 *de Midas; mientras el agua fluye, los inmensos árboles flo-*
recen, los ríos se llenan, baña sus costas el mar, resplandece
el sol al levantarse y la brillante luna, yo, permaneciendo
aquí mismo, sobre la muy llorada tumba, a los que pasen
les indicaré que en este lugar está enterrado Midas.

275   Recibiendo de ellos una copa de plata se la ofreció en
Delfos a Apolo, con la siguiente inscripción:

Soberano Febo, yo, Homero, te entregué este bello re-
galo por tu discreción. Ojalá tú me concedas siempre
fama.

Después de esto escribió la *Odisea,* de cuarenta y dos
280 mil versos, cuando ya había compuesto la *Ilíada,* de cuarenta y cinco mil quinientos versos.

Desde allí cuentan que se fue a Atenas y se hospedó en casa de Medón, el rey de los atenienses. Allí, en el consejo, como hacía frío y estaba encendido el fuego, se dice que improvisó los siguientes versos:

Del varón coronas son los hijos; las murallas lo son de la 285
ciudad; los caballos de la llanura adorno son y las naves lo
son del mar, ⟨acrecienta la casa el dinero, y los venerables
reyes⟩ sentados en las plazas para velar por su pueblo. Pero
en una casa es muy admirable de ver el fuego mientras arde
en un día de invierno, cuando el Cronión hace caer la nieve. 290

Desde allí acudió a Corinto, donde recitaba sus poemas y, después de recibir grandes honores, se presentó en Argos y declamó estos versos de la *Ilíada*[20]:

A los que ocupaban Argos, la amurallada Tirinte, Her- 295
mione, Asine, situadas en un profundo golfo, Trecén, Eona,
Epidauro rica en viñedos, la isla de Egina y Mases, hijos de
los aqueos, los conducía el Tidida Diomedes de resonante
grito, que tenía la fuerza de su padre el Enida, y Esténelo, 300
amado hijo del muy famoso Campaneo. Con éstos iba en
tercer lugar Eurípilo, héroe semejante a un dios, hijo de Me-
cisteo, el soberano Teleonida. De todos era guía Diomedes
de resonante grito. Y a éstos seguían ochenta negras naves,
en las que se alineaban hombres conocedores de la guerra, 305
argivos con corazas de lino, aguijones de la batalla.

Los que estaban al frente de los argivos lo honraron con muy valiosos regalos, porque su linaje era alabado por el más famoso de los poetas, y, después de haberle 310 erigido una estatua de bronce, decidieron por votación realizar un sacrificio en honor de Homero cada día, cada

20. *Il.* II, 559-68.

mes y cada año, y enviar otro a Quíos cada cinco años. En la estatua grabaron:

315   *Éste es el divino Homero, que a toda la orgullosa Grecia ce-
lebró con su sabiduría de bellas palabras y en especial a los
argivos que destruyeron Troya, la de murallas construidas
por los dioses[21], como castigo por Helena de hermosa cabellera. Por esto lo colocó aquí el pueblo de una gran ciudad y*
320   *lo venera con honras de Inmortales.*

Después de pasar en la ciudad algún tiempo, se fue a *Delos* a una romería[22] y poniéndose sobre el altar de los cuernos recitó el Himno a Apolo, cuyo comienzo es:

Recordaré y no quiero olvidar al flechador Apolo...

325   Al terminar el himno, los jonios lo hicieron ciudadano común[23] y los de Delos, después de grabar sus versos en el registro[24], lo depositaron en el santuario de Ártemis.
Cuando se acabó la romería, el poeta navegó hacia Íos, a casa de Creófilo y allí pasó un tiempo siendo ya ancia-
330   no. Sentado a la orilla del mar al preguntar, según dicen, a unos niños que volvían de pescar:

«*Cazadores procedentes de Arcadia, ¿tenemos algo?*»,

cuando aquéllos respondieron:

21. Apolo y Posidón condenados a servir al rey troyano Laomedonte, por haber participado en una conspiración junto con Hera y Atena, para amarrar con cadenas a Zeus y suspenderlo en el cielo.
22. Congregación en torno a un templo para celebrar una fiesta con recitales, juegos, sacrificios y otros espectáculos (griego: *panegyris*).
23. De todas las ciudades jonias.
24. Cuadro pintado de blanco donde se escribían los asuntos importantes, p. e., los nombres de los magistrados.

«Cuanto cogimos abandonamos y cuanto no logramos coger llevamos»,

como no comprendió lo que le decían, les preguntó qué   335
querían decir y ellos le explicaron que en la pesca nada
cogieron, pero se habían despiojado y dejaron los piojos
que cogieron, pero los que no lograron atrapar en los
mantos los llevaban.

Acordándose del oráculo de que se acercaba el fin de
su vida, compuso el epigrama de su tumba, y cuando se   340
retiraba de allí, como había lodo, resbalándose y cayendo
sobre el costado, a los tres días, según cuentan, murió.
Fue enterrado en Íos y su epigrama es:

Aquí la sagrada cabeza oculta la tierra, al jefe de héroes,   345
al divino Homero.

APÉNDICES

1. GLOSARIO DE NOMBRES PROPIOS

ACASTA: Oceánide, hija de Océano y Tetis (*Te.* 356).

ACLIS (*Achlys*): tiniebla de la muerte (*Esc.* 264).

ACTEA: Nereida (cf. *akté* = costa escarpada) (*Te.* 249).

ADMETA (indómita, virginal): Oceánide (*Te.* 349).

ADRIANO: emperador romano (cf. n. 2 de Certamen) (*Cert.* 34).

AELO: harpía (*Te.* 267).

AFECTO (*Philotes*): hijo de la Noche (*Te.* 224).

AFRODITA (también llamada Citerea, Filomédea, Ciprogenia): diosa del amor, nacida de los órganos genitales de Urano arrojados por Crono al mar. Para otros es hija de Zeus y Dione (*Esc.* 8, 47; *Te.* 16, 195, 934, 1008; *Tr.* 65; *Cert.* 119).

AGAMENÓN: hermano de Menelao, hijo de Atreo, jefe de la expedición griega contra Troya (*Cert.* 123).

ÁGAVE (*Ágave* = noble, ilustre): Nereida. Con igual nombre hija de Cadmo y Harmonía (*Te.* 976), que, en su desenfreno báquico, confunde a su hijo Penteo con una fiera y lo despedaza (cf. *Bacantes* de Eurípides) (*Te.* 247, 976).

AGLAYA: la más joven de las tres Gracias. Se casó con Hefesto (*Te.* 909, 945).

AGRIO ('salvaje'): hijo de Odiseo y Circe. Algunos lo identifican con Fauno (cf. Ov. *Fas.* 2, 193) (*Te.* 1013).

AIDONEO: nombre con que se designa a Hades (*Te.* 913).

AIDÓS: personificación del «respeto/vergüenza», debido a que se considera un poder sobrehumano. Su culto como divinidad no es anterior al siglo IV a.C. Aparece como compañera de Némesis, pues ambas son fuerzas que detienen la maldad, una desde dentro y otra desde fuera *(Tr.* 200, 317).

ALCEO: padre de Anfitrión. Hijo de Perseo y Andrómeda *(Esc.* 26).

ALCIDA: hijo de Alteo *(Esc.* 112).

ALCIDAMANTE: retórico y sofista del siglo IV a.C., nacido en Elea, en Eólide, discípulo de Gorgias. Su obra más importante se titula *Museo (Cert.* 244).

ALCMENA: esposa de Anfitrión, madre de Heracles (cf. Apolod. *Bib.* II, 50-2). Hija de Electrión y Anaxo que era la hija de Alceo *(Te.* 526, 943; *Esc.* 3, 467).

ALFEO: río del Peloponeso. Hijo de Océano *(Te.* 338).

ALGEA: 'los Dolores', hijos de la Discordia *(Te.* 227).

ALTES: nombre dado por algunos a Homero *(Cert.* 29).

AMBIGÜEDADES: cf. Anfilogías *(Te.* 229).

AMPICIDA: patronímico de Mopso *(Esc.* 181).

ANAURO: río de Tesalia *(Esc.* 477).

ANDROCTASIAS: 'Masacres', hijas de la Discordia (Eris) *(Te.* 228; *Esc.* 155).

ANFIDAMANTE: rey de Calcis (Eubea) que se destaca en la lucha de Calcis con Eretria por la posesión del valle de Lelanto. En los juegos fúnebres celebrados en su honor, compiten, según la leyenda, Homero y Hesiodo *(Cert.* 65; *Tr.* 654).

ANFÍFANES: habitante de Énoe en cuya casa se hospeda Hesiodo *(Cert.* 231).

ANFILOGÍAS: 'Discusiones', 'Ambigüedades', hijas de la Discordia (Eris) *(Te.* 229).

ÁNFIRO ('que fluye/corre a uno y otro lado'): Oceánide *(Te.* 360).

ANFITRIÓN: esposo de Alcmena. Padre de Ificles *(Esc.* 2, 37, 44).

ANFITRIÓNIDA: patronímico de Heracles *(Te.* 317; *Esc.* 165, 416...).

ANFÍTRITE ('la que rodea al mundo'): Nereida. De ella se enamora Posidón y la rapta para convertirla en su esposa. Desempeña junto a este dios el mismo papel que Hera junto a Zeus o Perséfone junto a Hades *(Te.* 243, 930).

ANQUISES: esposo de Afrodita. Padre de Eneas *(Te.* 1009).

ANTEA: ciudad de Tesalia *(Esc.* 381).

ANTIFO: asesino de Hesiodo *(Cert.* 245).

APATE: 'Engaño', hija de la Noche *(Te.* 224).

APELES: antecesor en genealogía de Homero y Hesiodo *(Cert.* 52).

APESANTE: probablemente la más alta de las montañas al noroeste de Nemea entre Cleonas y Corinto) (Paus. II, 15, 3) *(Te.* 331).

APOLO: dios de la música y poesía, hijo de Zeus y Letó, hermano gemelo de Ártemis. Recibe culto en Delfos, donde se apoderó del Oráculo de Temis. Por dos veces estuvo al servicio de los mortales: con Laomedonte (Troya) y en la corte de Admeto de Feras (Tesalia) *(Te.* 14, 94, 347, 918; *Tr.* 771; *Esc.* 58, 70, 100, 478; *Cert.* 47).

AQUELOO: río de Etolia (Grecia central): el más grande en longitud y volumen y el más importante en culto y leyenda, por ejemplo disputa, en forma de toro, la mano de Deyanira con Heracles, pero éste logra arrancarle un cuerno y aquél se da por vencido *(Te.* 340).

AQUEOS: nombre que se da a los primeros pueblos indoeuropeos que se establecieron en Grecia a comienzo del segundo milenio *(Cert.* 144; *Tr.* 651).

AQUILES: hijo de Tetis y Peleo. Bañado por su madre en la laguna Estigia, era invulnerable en todo su cuerpo excepto en el talón. Héroe fundamental de la guerra de Troya, donde morirá al dispararle Paris, aconsejado por Apolo, una flecha en el talón *(Te.* 1007).

ARCTO: centauro *(Esc.* 186).

ARCTURO: estrella de la constelación del Boyero; enfrente de la gran Osa, se le considera su guardián; su aparición tiene lugar entre el 24 de febrero y el 4 de marzo, 60 días después del solsticio. Sirvió de guía en la navegación a Ulises *(Od.* V, 272) *(Tr.* 566).

ARDESCO: por su sufijo parece que se trata de un río de Tracia *(Te.* 345).

ARES: hijo de Hera. Padre de las amazonas. Dios de la guerra. En su culto se puede ver ese aspecto marcial, por ejemplo en Argos un festival en su honor, llamado Aspis, incluía una procesión armada y una competición en que el premio era un escudo de bronce. También en Samos se celebraba una procesión armada. Sin embargo en la *Ilíada,* poema bélico por excelencia, es ridiculizado, por ejemplo en el canto V en el que herido por Diomedes huye y va a quejarse a Zeus. Algo similar se repite en la *Ilíada* XXI y en el escudo pseudohesiódico al luchar con Heracles (cf. *Esc.* 450 ss.). En Atenas se le dedica una colina, el Areopago (cf. *Il.* V, 892) *(Te.* 922, 933, 936; *Tr.* 145; *Esc.* 59, 109; *Cert.* 195).

ARETIADA: descendiente de Ares *(Esc.* 57).

ARGES: uno de los cíclopes, hijo de Gea *(Te.* 140).

ARGESTEO: epíteto del Céfiro *(Te.* 870).

ARGIFONTE: epíteto de Hermes, matador de Argo, ser de múltiples ojos al que Hera encomendó la vigilancia de Ío transformada en vaca *(Tr.* 68, 77, 84).

ARGIVA: epíteto de Hera, por tener en Argos uno de sus templos más famosos *(Te.* 12).

ARGOS (cf. Argiva): ciudad del Peloponeso *(Te.* 12; *Cert.* 261).

ARIADNA: hija de Minos, que se enamoró de Teseo y le ayudó a salir del laberinto, entregándole un ovillo. Éste, de regreso a Atenas, la abandona en Naxos, donde la recoge Dioniso y la convierte en su esposa *(Te.* 947; *Cert.* 238).

ÁRIMOS: de incierta localización. Se ha situado en distintos sitios: regiones montañosas entre Lidia, Misia y Frigia; Pitecusa, Cilicia *(Te.* 304).

ARIÓN: caballo de Yolao *(Esc.* 120).

ARISTEO: hijo de Apolo y Cirene (cf. frg. 215-7 de *Catálogo).* Unido a Autónoa engendró a Acteón *(Te.* 977).

ARNE: ciudad de Tesalia *(Esc.* 381).

ÁRTEMIS: hija de Zeus y Letó, hermana de Apolo. Permaneció virgen, eternamente joven, como prototipo de la doncella arisca que sólo se dedicaba a la caza *(Te.* 14, 918; *Cert.* 120).

ARTURO: estrella de la constelación del Boyero (cf. Arcturo).

ÁSBOLO: centauro *(Esc.* 185).

ASCRA: ciudad de Beocia, patria de Hesíodo. Fundada, según se dice, por Eoclo, hijo de Posidón y de la ninfa Ascra (cf. Paus. IX, 29) *(Cert.* 6; *Tr.* 640).

ASIA: Oceánide. Más tarde (Apolod. *Bib.* I, 2, 3; Hrdto. IV 45, 3) aparece como esposa de Prometeo o de Jápeto *(Te.* 359).

ÁSINE: puerto de Argos *(Cert.* 295).

ASTERIA: hija de Febe, hermana de Letó. Esposa de Perses y madre de Hécate. El que la hermana de Letó se llame Asteria se ha puesto en relación con el hecho de que *Asteria* se da como nombre original de Delos, junto con Ortigía (Apolod. *Bib.* I, 4, 1; *Te.* 409).

ASTREO: hijo de Crío y Euriba. Quizá es un nombre inventado para el padre de las estrellas *(Te.* 376, 378).

ATE: 'Ofuscación', hija de la Discordia (Eris) *(Te.* 230; *Tr.* 231).

ATENEA/ATENA: nace de la cabeza de Zeus, como hija de Zeus y Metis *(Te.* 888), a la que el gran dios se tragó al saber que estaba embarazada, para evitar el nacimiento de un ser superior. Diosa guerrera, armada de casco, lanza y égida. En su escudo fijó la cabeza de Medusa, que le fue entregada por Perseo. Su símbolo era la lechuza, siempre vigilante, y su árbol el olivo *(Te.* 13, 888, 924; *Tr.* 63, 72, 76; *Esc.* 126, 325; *Cert.* 196).

ATENAS: capital de Ática *(Cert.* 281).

ATLANTE/ATLAS: hijo de Jápeto y Clímene. Los poetas antiguos no hablan de una perturbación especial causada por Atlas, pero los mitógrafos tardíos lo convierten en el líder de la revolución. Sobre lo que hace Atlas se distinguen cuatro versiones diferentes: *a)* Sostiene el cielo en su cabeza y manos en el fin del mundo (Hesíodo). *b)* Está bajo tierra y sostiene tierra y cielo (parece que por una mala interpretación de la representación de Atlas sosteniendo un globo en sus hombros, pues el globo era el cielo sólo). *c)* Vive en el mar y sostiene las columnas en que se apoya el cielo (semejante al gigante de la canción de Ullikummi). *d)* Montaña africana y, por tanto, es él mismo la columna que sostiene el cielo. Por su parte, Herodoto (IV, 184, 3) intenta una reconciliación racionalista de los mitos divergentes *(Te.* 509; *Cert.* 183).

ATLÁNTIDE: patronímico de Maya *(Te.* 938; *Tr.* 383).

ATRIDAS: descendientes de Atreo: Agamenón y Menelao *(Cert.* 136).

ÁTROPO: una de las Moiras *(Te.* 218; *Esc.* 259).

ÁULIDE: puerto de Beocia, en que se dice que compitieron Homero y Hesíodo. Famoso también por haber estado retenido allí el ejército griego que iba camino de Troya hasta que Agamenón reparó su falta con Ártemis (cf. *Ifigenia en Áulide* de Eurípides) *(Cert.* 57; *Tr.* 651).

AUTÓNOA: Nereida *(Te.* 258) y también hija de Cadmo y Harmonía *(Te.* 977).

BATALLAS *(Hysminas):* hijas de la Discordia *(Te.* 228).

BELEROFONTE: hijo de Posidón y Eurínome. Tras haber matado, de modo accidental, a un hombre, tiene que abandonar su ciudad y se va a Tirinte, para que el rey Preto lo purifique. Allí se enamora de él la reina, Estenebea, y, al no conseguir su amor, lo calumnia ante su esposo. Éste, para no violar las reglas de la hospitalidad, lo envía a casa de su suegro a Licia para que lo elimine. Con este fin se le encargan múltiples acciones, de las que se piensa que no saldrá con vida, entre ellas matar a la Quimera. Como las supera todas, el rey se da cuenta de su origen divino y le ofrece la mano de su hija. Estenebea, por su parte, al volver Belerofonte, se suicida (cf. Apolod. *Bib.* II, 3) *(Te.* 325).

BEOCIA: región de Grecia central, junto al Ática *(Cert.* 57).

BEOCIO: habitante de Beocia *(Esc.* 24).

BÍA ('Violencia'): hija de Palante y Estigia. Junto con sus hermanos (el Ardor, el Poder y la Victoria) acompaña a Zeus. En Prometeo de Esquilo aparece ayudando, junto con el Poder *(kratos),* a encadenar a un Titán *(Te.* 385).

BÓREAS: viento del norte, originario de Tracia, hijo de Astreo y Eos. Pertenece a la generación de los Titanes, y personifica las fuerzas elementales de la naturaleza. Rapta a Oritia, hija del rey de Atenas Erecteo, cuando jugaba a orillas del Iliso *(Te.* 379; *Tr.* 506, 518, 547, 553).

BRIAREO: centímano, hijo de Urano y Gea. En *Il.* I, 1, 403 se dice que éste es el nombre de los dioses, pues el humano es Egeón. En la Titanomaquia Egeón es hijo de Gea y Ponto, vive en el mar y lucha del lado de los Titanes. Los escolios lo describen como un genio marino hijo de Posidón *(Te.* 149, 617, 734).

BRONTES ('trueno'): cíclope, hijo de Gea *(Te.* 140).

BURLA (Momo): hija de la Noche *(Te.* 214).

CADMEO/A: descendiente de Cadmo. Su empleo como epíteto de Tebas se debe probablemente al deseo de distinguir ésta de la egipcia *(Te.* 940; *Esc.* 13; *Tr.* 162).

CADMO: hermano de Europa. Al ser raptada ésta por Zeus es enviado por su padre en su búsqueda con el encargo de no volver sin ella. Consulta al oráculo de Delfos y siguiendo sus instrucciones funda Tebas. Tras múltiples peripecias, se casa con Harmonía y es padre de Ino, Sémele, Ágave,

Autónoa y Polidoro *(Te.* 937, 975).

CALCIS: ciudad de Eubea, en la que se celebran los juegos fúnebres en honor de Anfidamante, en los que compiten Homero y Hesíodo *(Cert.* 70; *Tr.* 655).

CALICLES: autor que da como padre de Homero a Mnaságoras *(Cert.* 21).

CALÍOPE ('la de bella voz'): primera de las Musas. Para algunos, según *Cert.* 27, posible madre de Homero *(Te.* 79; *Cert.* 27).

CALIPSO ('que oculta'): Oceánide. Ninfa madre de Nausítoo y Nausínoo. En *Odisea* (I, 52; VII, 245) es la hija de Atlas y no de Océano. Apolod. *Bib.* I, 2, 7 hace de ella una Nereida *(Te.* 359, 1017).

CALÍRROE ('de bellas corrientes'): Oceánide *(Te.* 351). Madre de Gerión *(Te.* 288). Es también el nombre de la fuente de donde se llevaba el agua para el baño ritual que debía tomar la novia en su boda *(Te.* 288, 351, 981).

CALISTO: ninfa de los bosques, seducida por Zeus bajo la figura de Ártemis, diosa de cuyo cortejo formaba parte la ninfa que rehuía a los hombres. La diosa, indignada porque había perdido su virginidad, la mató y Zeus la convirtió en constelación: la Osa Mayor *(Cert.* 121).

CAMPANEO: padre de Esténelo *(Cert.* 300).

CAOS ('profundidad abierta' / 'abismo' / 'vacío'): primero de los dioses, padre de Érebo y Noche. Es típico poner en cabeza de la generación un elemento oscuro, intangible. Así la Cosmología para los Órficos empezaba bien por la Noche, bien por el Tártaro. En las *Aves* de Aristófanes (693) la cosmogonía comienza con una importante concentración de oscuridad *(Te.* 116, 123).

CÁRITES: Gracias, hijas de Zeus y Eurínome. De simples potencias de la vegetación se transforman en divinidades de la belleza que habitan en el Olimpo en compañía de las Musas. A ellas se atribuye todo tipo de influencias sobre los trabajos del espíritu y las obras de Arte. Son una personificación del júbilo *(Aglaya),* el placer *(Eufrósina)* y la felicidad *(Talía).* El culto más famoso y antiguo de estas diosas era el de Orcómeno. Su templo estaba cerca de uno de Dioniso y de un manantial consagrado a Afrodita. Sus fiestas, las Caritesias, incluían aspectos musicales y danzas nocturnas. En Atenas sus nombres son Auxo y Hegémona (Paus. IX, 35, 2) *(Tr.* 73; *Te.* 64, 907).

CECO: río muy próximo a Cime, patria de Hesíodo (cf. Estr. 615) *(Te.* 343).

CÉFALO: unido a Eos es el padre de Faetonte. Algunos lo hacen hijo de Hermes y padre no de Faetonte, sino de Titón (y Faetonte hijo de Titón) (cf. *Od.* V, 121; XV, 250; Apolod. *Bib.* III, 14, 3) *(Te.* 986).

CÉFIRO: viento del noroeste-oeste, hijo de Astreo y Eos *(Te.* 379; *Tr.* 594).

CEIX: padre de Temistónoa, la esposa de Cicno. Señor de Traquis, amigo de Heracles, nieto de Anfitrión (cf. Apolod. *Bib.* II, 150) *(Esc.* 354).

CELO: gloria, rivalidad, ardor (no envidiando, sino siendo envidiado). Hesíodo usa la palabra en sentido diferente y malo en *Tr.* 195. Hijo de Estigia y hermano de Nike *(Te.* 384).

CENEO: rey de los lapitas, transformado sucesivamente en mujer y hombre. Empieza siendo una mujer, pero al ser amada por Posidón, le pide que la transforme en hombre invulnerable y el dios se lo concede. Como hombre lucha con los centauros y, al no poder matarlo, acaban por enterrarlo vivo *(Esc.* 179).

CENTAUROS: excepto Quirón (hijo de Fílira y Crono) y Folo (hijo de Sileno y una ninfa de los fresnos), se consideraban descendientes de Ixión y la nube que Zeus le envió con el aspecto de Hera para probar si consumaba su sacrílega pasión. En Homero y en la literatura antigua son típicos brutos (cf. Pínd., *Pít.* III, 4; IV, 119;

Teognis. 541), pero sin la forma semiequina con que aparecen en las representaciones figuradas y leyendas posteriores. Invitados por Pirítoo (hijo de Ixión) a su boda con Hipodamia, se emborrachan e intentan raptar a las mujeres de los lapitas (tribu tesalia sobre la que gobierna Pirítoo), pero son derrotados con ayuda de Teseo y Heracles (cf. *Il.* I, 262). Los supervivientes se dispersan por toda Grecia y uno de ellos, Neso, se alquila para atravesar el río Eveno, donde morirá por la flecha que le dispara Heracles por intentar violar a Deyanira (*Esc.* 184).

CEO: figura muy oscura, conocida sólo como padre de Letó (cf. *Him. Ap.* 62) (*Te.* 134, 404).

CERBERO: perro del Hades, hijo de Tifón y Equidna (*Te.* 311).

CERCEIS: Oceánide (*Te.* 355).

CETO: probablemente, sin más, la personificación de la Ballena, pues ésa es la palabra con que se designa al monstruo marino. Hija de Ponto y Gea, madre de las Grayas, Gorgonas, Equidna y la serpiente guardiana de las manzanas de oro de las Hespérides (*Te.* 238, 333).

CÍCLOPES (*kyklos* = «redondo», *ops* = «ver/vista»): para Hesíodo son simplemente unos artesanos con un ojo que, en agradecimiento a Zeus por su liberación (vv. 501-6), le fa-

brican los rayos, pues Hefesto aún no había nacido. Como hacen rayos, Hesíodo les da nombres que representan tres aspectos diferentes del mismo fenómeno (vv. 690-1): Brontes (lo que se oye), Estéropes (lo que brilla), Arges (lo que resplandece), y son realmente el Trueno, el Relámpago y el Rayo. No se parecen, pues, en nada a los salvajes y gigantescos pastores que aparecen en la *Odisea* (*Te.* 139, 144).

CICNO: bandido tesalio, hijo de Ares, que mataba a los que llevaban las ofrendas a Apolo. Muere a manos de Heracles, ayudado por Atenea (*Esc.* 57, 65).

CIDEMO (*Kydoimos*): confusión, personificada (*Esc.* 156).

CIME: ciudad eolia de Asia Menor, patria del padre de Hesíodo (*Tr.* 636).

CIMO: Nereida (*Te.* 255).

CIMÓDOCA: Nereida (*Te.* 252).

CIMOPOLEA: hija de Posidón, casada con Briareo. El nombre es del mismo tipo de los de las Nereidas (*Te.* 819).

CIMÓTOA: Nereida (*Te.* 245).

CIMOTOLEGA: Nereida (*Te.* 253).

CIPROGENIA ('nacida en Chipre'): nombre de Afrodita (*Te.* 199).

CIRCE: maga, hija del Sol y de Perseis (Oceánide). Hermana de Eetes, rey de Cólquide, guardián del Vellocino de Oro, padre de Medea y de Pasífae, madre del Minotauro. Seduce a Odiseo (cf. *Od.* X, 333-47) pero éste se resiste a su hechicería gracias a los consejos que le da Hermes (*Te.* 957).

CITERA: isla al sur de Laconia, donde recibiría culto Afrodita (*Te.* 192, 198).

CITEREA: nombre que se da a Afrodita porque se decía que había nacido en Citera. Como tal aparece como esposa de Ares en *Te.* 934. Homero, en cambio, la asocia con Ares como hermana (*Il.* V, 359) o amante (*Od.* VIII, 267) (cf. Fragua Vulcano), pues está casada con Hefesto. Su matrimonio con Ares era conocido en el arte del siglo VI (Paus. V, 18, 5) y en Esparta hay un templo de Afrodita Areia (*Te.* 196, 198).

CLEANTES: estoico del siglo IV-III a.C. (*Cert.* 20).

CLÍMENE ('la famosa'): Oceánide, esposa de Jápeto y madre de Atlante, Menetio, Prometeo y Epimeteo (*Te.* 351, 508).

CLÍO: Musa de la historia (*Te.* 77).

CLITIA ('gloriosa'): Oceánide (*Te.* 352).

CLOTO ('hilar'): una de las tres Moiras (*Te.* 218).

COLOFÓN: ciudad de Asia Menor (*Cert.* 15).

CÓLQUIDE: región costera más oriental del Mar Negro. Patria de Eetes, adonde tuvo que ir Jasón en busca del Vellocino de Oro (*Cert.* 132).

CONFUSIÓN (*Kydoimos*): personificación de la que se produce en una lucha (*Esc.* 156).

CORINTO: ciudad en la unión del Peloponeso con Grecia central (*Cert.* 291).

COTO: centímano, hijo de Urano y Gea. Nombre tracio como el de la diosa Cotis (*Te.* 149, 618, 817).

CRATOS ('el poder'): hijo de Palante y Estigia (cf. Bía) (*Te.* 385).

CREÓFILO: poeta amigo de Homero, a cuya casa va éste en Íos, donde muere (*Cert.* 329).

CREONTE: rey de Tebas, esposo de Eníoca (*Esc.* 83).

CRETA: isla que fue la patria de Zeus, Pluto, etc. (*Te.* 477, 480, 971; *Cert.* 242).

CRETEIDA: ninfa de la que los de Esmirna dicen que es hijo Homero (*Cert.* 10).

CRÍO: Titán, padre de Astreo, Palante y Perses. No se sabe nada seguro sobre su naturaleza. Aparece como nombre geográfico de río o incluso de persona en Heródoto (VI, 50). Es el primer Titán que busca esposa fuera de sus hermanas. Él y Jápeto deben casarse con personas ajenas a la familia, porque las dos mujeres titanes Temis y Mnemósine están reservadas para Zeus (*Te.* 134, 375).

CRISAOR ('el de la espada de oro'): monstruo nacido de la sangre de Medusa, padre de Gerión (*Te.* 281, 979).

CRISEIDA ('áurea'): Oceánide (*Te.* 359).

CRÓNIDA: patronímico de Zeus (*Te.* 53, 412, 423; *Tr.* 18, 71, 138).

CRONIÓN: patronímico de Zeus (*Te.* 4, 534; *Tr.* 69, 242; *Cert.* 290).

CRONO: su nombre no debe ser griego. Titán más joven, padre de Zeus y, como éste, es el dios antiguo más famoso. Al igual que la historia de Zeus no puede separarse de la de los dioses más jóvenes, la de Crono no puede separarse de la de los Titanes. Pero como tenía un lado benevolente, de ahí que en su época sea la edad de oro y que la usurpación de Zeus represente el comienzo de una vida más dura (cf. Aristót. *Polít.* 16, 7). Las «Cronias» jónico-áticas parecen haber sido unos alegres festivales de final de verano, entre siega y siembra, por lo que no está clara la idea que algunos defienden de que Crono era el dios de la recolección (*Te.* 137; *Tr.* 111).

CTÍMENO: asesino de Hesíodo (*Cert.* 245).

CHIPRE: isla que, según la tradición, recogió a Afrodita cuando nació. De ahí el epíteto habitual de «Cipris» con que se se designa a esta diosa (*Te.* 193).

DAEMÓN: uno de los nombres dados al padre de Homero (*Cert.* 22).

DÁNAE: hija de Acrisio, rey de Argos, que la encierra en una cámara subterránea de bronce para evitar que se cumpla el oráculo de que un hijo de Dánae lo mataría. A pesar de la prisión y la vigilancia, es seducida por Zeus, que penetra en forma de lluvia de oro. De esa unión nace Perseo, héroe que mata a Medusa (Gorgona) (*Esc.* 216).

DANAIDA: patronímico de Perseo (*Esc.* 229).

DELFOS: ciudad de Fócide, famosa por su oráculo de Apolo (*Cert.* 59).

DELOS: isla del Egeo en que nacen Apolo y Ártemis (*Cert.* 322).

DEMÉTER: diosa de la agricultura. Hija de Crono y Rea. Madre de Pluto y Perséfone. Diosa de la tierra cultivada, esencialmente del trigo. Recibe culto principalmente en Eleusis, donde unas celebraciones mistéricas conmemoran el rapto de su hija Perséfone por Hades (*Tr.* 32, 300; *Te.* 454, 912).

DEMÓCRITO (de Trecén): escritor que cita como padre de Homero al comerciante Daemón (*Cert.* 22).

DIKE: Justicia. Una de las Horas, hijas de Temis y Zeus. Sobre todo importante en *Tr.* (213 ss., 256 ss.). En muchos aspectos es similar a su madre Temis. Tiene como misión principal asegurar el equibrio social. Entronizada en el Olimpo, toma asiento junto a

Zeus y él la envía a visitar a los mortales. Solmsen (en *Hesiod and Aeschylus)* señala que con Hesiodo se inicia una reforma de la moralidad cuyas etapas estarán marcadas por Esquilo, Eurípides, Platón y los estoicos *(Te.* 902; *Tr.* 220, 256).

DIMO *(deimos):* Terror, hijo de Ares y Afrodita *(Te.* 934; *Esc.* 463).

DINÁMENA: Nereida *(Te.* 248).

DÍO: antepasado en genealogía de Homero y Hesiodo *(Cert.* 52).

DIOMEDES: héroe de la guerra de Troya. Hijo de Tideo *(Cert.* 298).

DIONE: Oceánide. Importante sólo en Dodona, donde era considerada la esposa de Zeus del agua que fluye, cuya fuente oracular manaba en la base de la famosa encina *(Te.* 17, 353).

DIONISO: hijo de Zeus y Sémele, esposo de Ariadna *(Te,* 941; *Tr.* 614; *Esc.* 400).

DISCORDIA (Eris): hija de la Noche (cf. Juicio Paris). En *Tr.* aparecen dos para armonizar con el nuevo orden el primordial e insuprimible espíritu de lucha: la Eris Buena lleva al trabajo y produce riqueza, mientras que la Eris Mala conduce al ocio y origina la pobreza, que puede desembocar en el robo u otros males. En esa oposición, a la que se unen *pólemos* (guerra) y *neikos* (disputa), sitúa Hesiodo el origen del mundo, como lo hará también Demócrito al considerar a Eros y Eris como motores de los átomos que conducen a éstos a la unión o a la desunión. Igualmente Heráclito dice que «la guerra es padre de todo, rey de todo, a unos hace esclavos, a otros libres» *(Esc.* 148, 156; *Te.* 225, 226; *Tr.* 11, 16, 24).

DISCURSOS: personificados como hijos de Eris (Discordia) *(Te.* 229).

DISNOMÍA: mala ley, hija de la Discordia (cf. Solón, frgs. 3, 30 ss.) *(Te.* 230).

DOLORES: personificados como hijos de Eris (Discordia) *(Te.* 227).

DÓRIDE: la Oceánide que aparece en 350 tiene una hija Nereida del mismo nombre en 250. Hay otros pares similares en las dos listas. El que la madre de las Nereidas pueda ser una Oceánide muestra la tendencia a romper la distinción entre los dos grupos *(Te.* 241, 250, 350).

DOS: regalo, un espíritu *(Tr.* 356).

DOTO: Nereida *(Te.* 248).

DRES: antepasado en la genealogía de Homero y Hesiodo *(Cert.* 50).

DRÍALO: centauro *(Esc.* 187).

DRIANTE: lapita *(Esc.* 179).

ÉACO: hijo de Zeus y Egina. Rey de Egina, pide a Zeus que transforme en hombres a las hormigas de la isla y de ahí surgen los Mirmidones (de *myrmekes* = hormigas). De su boda con la hija de Escirón, Endeis, nacen Peleo y Telamón. Después se une a la nereida Psámata, que intenta librarse de él transformándose en foca (Apolod. *Bib.* III, 12, 6), y nace Foco, al que matan por celos los hijos del primer matrimonio. Éaco destierra a éstos (a Telamón a Salamina y a Peleo a Tesalia). Por la reputación de su piedad y justicia, a su muerte Éaco se convierte en juez de las almas de los muertos *(Te.* 1005).

EAGRO: uno de los antepasados de Homero y Hesíodo *(Cert.* 49).

EDIPO: descendiente de Cadmo, que se convierte en rey de Tebas, tras adivinar el enigma propuesto por la esfinge. Sobre él pesa el terrible destino de matar a su padre y casarse con su madre *(Tr.* 163).

EETES: hijo del Sol y de Perseis (Oceánide). Rey de Cólquide, dueño del Vellocino de Oro *(Te.* 957; *Cert.* 138).

EGEIDA: patronímico de Teseo *(Esc.* 182).

EGEO: a) *monte* en el que se oculta a Zeus recién nacido, en Creta *(Te.* 484). b) *rey de Atenas,* padre de Teseo, que da nombre al mar que baña las costas de Ática, por haberse arrojado a él cuando vio las velas negras del barco de Teseo que regresaba de Creta y pensó que su hijo había sido devorado por el Minotauro *(Esc.* 182).

EGINA: isla del Egeo, al sur del Ática *(Cert.* 297).

EIRENE: *véase* Irene.

ELECTRA (la de ámbar): Oceánide, esposa de Taumante, madre de Iris y las Harpías, da nombre a un arroyo mesenio y a una playa (cf. Paus. IV, 33, 6) *(Te.* 266, 349).

ELECTRIÓN: hijo de Perseo y Andrómeda, hermano de Alceo (Apolod. *Bib.* II, 49). Padre de Alcmena *(Argum. Esc.* 11; *Esc.* 3).

ELECTRÍONA: patronímico de Alcmena ('hija de Electrión') *(Esc.* 16, 35).

ELEUTER: ciudad de Beocia. Identificada con Eleutera en Citerón. Es posible que la existencia de una rivalidad de culto a las musas en el Helicón y el Citerón tenga conexión con la leyenda de la disputa de canto entre las dos montañas descrita por Corinna *(Te.* 54).

ELPIS: esperanza. Un espíritu *(Tr.* 96).

EMATIÓN: hijo de Eos y Titono, hermano de Memnón. Nacidos en Etiopía, Memnón reina sobre ella, pero deja la zona occidental a cargo de Ematión *(Te.* 985).

ENEAS: hijo de Anquises y Afrodita, héroe troyano, fundador de Roma *(Te.* 1008).

ENGAÑO *(Apate):* personificación, hija de la Noche *(Te.* 224).

ENÍO: una de las Grayas, hija de Forcis y Cefo *(Te.* 273).

ÉNOE: ciudad de Lócride *(Cert.* 229).

ENOSIGEO ('que sacude la tierra'): epíteto y nombre de Posidón *(Te.* 441; *Esc.* 104).

EÓLIDE: región costera de Asia Menor.

EOLIO: de Eólide *(Tr.* 636).

ÉONE: Nereida *(Te.* 255).

EONA: en la Argólide *(Cert.* 296).

EOS (la Aurora): hermana de Hélio y Selene, hija de Hiperión, esposa de Astreo. La Aurora *(Te.* 378) es madre de los vientos, porque éstos tienden a levantarse al amanecer *(Tr.* 610; *Te.* 19, 372, 378).

EÓSFORO: estrella de la mañana, hija de Astreo y Eos. Venus, el único planeta mencionado en la literatura griega antes del siglo IV. No es visible nunca de noche, sino sólo algunas horas antes de la salida o puesta del sol como estrella de la noche *(Il.* XXII, 318) o estrella de la mañana *(Il.* XXIII, 226) *(Te.* 381).

EPICASTA: también llamada Policasta *(Cert.* 25). Hija de Néstor que el oráculo da como madre de Homero *(Cert.* 40).

EPIDAURO: ciudad de la Argólide *(Cert.* 296).

EPÍFRADES: antepasado en genealogía de Homero y Hesiodo *(Cert.* 51).

EPIMETEO ('el necio'): hijo de Jápeto y Clímene. Inventado como nombre opuesto a Pro-

meteo (el inteligente), lo que recuerda la historia del bueno y el malo en Hitita, o la de Eteocles y Polinices de la saga tebana. Es tratado como si fuera un mortal. A veces aparece también como el padre de Pirra o como hijo de Prometeo y hermano de Deucalión o marido o padre de Éfira *(Tr.* 85; *Te.* 511).

EQUIDNA ('Víbora'): hija de Forcis y Ceto, mitad mujer y mitad serpiente *(Te.* 297, 304).

ERATO: Nereida. También aparece como musa que preside la poesía lírica en *Te.* 78 *(Te.* 78, 246).

ERATÓSTENES: filólogo del siglo III-II a.C., discípulo de Calímaco, que en su pequeño poema épico *Hesiodo* trata de la muerte de Hesiodo y el castigo de sus asesinos *(Cert.* 244).

ÉREBO ('Tinieblas'): hijo de Caos, personificación de la región de la oscuridad, como opuesta al reino de la luz. Por ello está asociado con la sombra, el poniente *(Od.* XII, 81), Hades y Tártaro *(Te.* 123).

ERÍDANO: río, hijo de Océano y Tetis, identificado con el Po, o, por similitud de nombre, con el Ródano. Heródoto (III, 115) habla de él como fuente de ámbar *(Te.* 338).

ERIGENÍA: la hija de la mañana. Epíteto aplicado a Eos, que se convierte en nombre *(Te.* 381).

ERINIAS: las Furias, nacidas de la sangre de Urano: Alecto, Tisífone y Megera. Se representan como seres alados con serpientes entre sus cabellos y antorchas o látigos en las manos. A partir de Homero tienen como misión principal la venganza del crimen (cf. Paus. I, 28, 6) (*Te.* 185; *Tr.* 803).

ERIS: *véase* Discordia.

ERITEA: isla fabulosa del Océano. Al igual que la de las Gorgonas (Sarpedón) y la de las Sirenas (Antemoesa), se ha identificado con Cádiz (Apolod. *Bib.* II, 5, 10) o con alguna más próxima (Hrdoto. IV, 8) (*Te.* 290).

EROS: amor, hijo de Caos y hermano de Gea y Tártaro. La posición de Eros en la primera generación de poderes creados sugiere una función cuasidemiúrgica, como en Orfeo. Similar posición ocupa *Pothos* en la Cosmogonía fenicia (cf. Aristót. *Metaf.* 984b, 23). Si bien como tal sólo se le menciona en *Te.* 201, está puesto como fuerza de generación o de reproducción, mediante *philotes* (afecto) y Afrodita, con los que se describe la unión sexual. Eros era adorado en Tespias en forma de fetiche de piedra, que debió de ser muy antiguo (cf. Paus. IX, 27, 1) y había competiciones gimnásticas y musicales en su honor cada cuatro años: las erotidia. De ahí que muchos piensen que por esta importancia Hesiodo lo

puso en lugar tan alto (*Te.* 120).

ESCAMANDRO: río de Tróade, hijo de Océano y Tetis (cf. *Il.* XXI, 131 ss.) (*Te.* 345).

ESEPO: río de Tróade (*Te.* 342).

ESFINGE: hija de Quimera y Orto. Monstruo con rostro de mujer, pecho, patas y cola de león y alas de ave de rapiña. Las esfinges egipcias más primitivas eran yacentes, masculinas y sin alas. Eran consideradas encarnaciones de dioses o reyes, que servían como vigilantes en templos y tumbas. Pero en el segundo milenio los egipcios desarrollaron un segundo tipo de esfinges: femeninas, con cabeza humana, aladas, de pie sobre cuatro patas. En Europa aparecen por primera vez en el arte cretense y micénico (*Te.* 326).

ESMIRNA: ciudad de la costa Lidia, de Asia Menor, a orillas del río Meles (*Cert.* 9).

ESÓNIDA: patronímico de Jasón (*Te.* 993).

ESPEO: Nereida (*Te.* 245).

ESPERANZA: personificada (*Tr.* 96).

ESTENO: Gorgona, hija de Forcis y Ceto (*Te.* 276).

ESTÉROPES ('relámpago'): cíclope, hijo de Urano y Gea (*Te.* 140).

ESTIGIA: Oceánide, de la que Hesiodo, en *Te.* 383-403, indica que se convierte en garante del juramento de los dioses y, en 775-806, describe su situación presente. La razón por la que es madre de Celo, Nike, Kratos y Bía es un mito etiológico que explica por qué Nike y Poder están siempre junto a Zeus y por qué los dioses juran por Estigia. Estigia envía a luchar con Zeus a sus hijos y éstos no podrían ser otros que Victoria y Fuerza, que eran lo que Zeus necesitaba (cf. Hrdoto. VI, 74; Paus. VIII, 17, 6-18, 6). Se ha comparado la descripción de Hesíodo (779) con los relatos sobre la cascada en Nonacris, en Arcadia, que también se llama Estigia (*Te.* 361, 383-403, 778) (cf. nota 60 de *Te.*).

ESTRIMÓN: río de Tracia, hijo de Océano y Tetis. Conocido en Mitología como el padre de Reso y en conexión con las hazañas de Heracles, que lo hizo intransitable para barcos al arrojar en su corriente enormes peñascos, con el fin de poder atravesarlo a su regreso de la lucha con Gerión (*Te.* 339).

ÉTER: ('cielo superior' / 'aire claro'): hermano de Hémera, hijos de la Noche. Son la antítesis de sus padres (Hémera frente a Noche y Éter frente a Érebo). Pero lo esencial no es que sean opuestos, sino incompatibles en naturaleza, pero inseparables en pensamiento (cf. asociación de contrarios, por ejemplo, de que habla Sócrates cuando le qui-

tan las cadenas, en *Fedón*) (*Te.* 124).

ETÍOPES: tribu mítica, sólo más tarde identificada con el pueblo al sur de Egipto (cf. *Catálogo* frg. 150, 17-19). En Homero viven al fin de la tierra y, como los hiperbóreos, disfrutan de banquetes en compañía de dioses (*Il.* I, 423; *Od.* I, 22). Aunque se habla de dos grupos, normalmente se considera que viven en el este, lo que concuerda con que su rey Memnón es el hijo de Eos. Para explicar su nombre («cara quemada») se inventa el mito de Faetonte, hijo del sol, que consigue que su padre le deje la cuadriga, pero, al no poder dominarla, la retiene demasiado tiempo sobre esa zona y quema en exceso a sus habitantes (*Te.* 985).

ETUSA: hija de Posidón, que, unida a Apolo, se considera la pareja cabeza de la genealogía de Homero y Hesíodo (*Cert.* 47).

EUBEA: isla separada del Ática por el estrecho del Euripo. Rica en vid, olivos y cereales (*Cert.* 66; *Tr.* 651).

EUCLES: antepasado de Homero y Hesíodo (*Cert.* 50).

EUCRANTA: Nereida (*Te.* 243).

EUDORA ('de buenos regalos'): Nereida (*Te.* 244), también aparece en 360 como Oceánide. Probablemente debe su nombre («la de los buenos regalos») al pescador que se beneficia de su generosidad (*Te.* 244).

EUFEMO: antepasado en la genealogía de Homero y Hesiodo (*Cert.* 51).

EUFRÓSINA: una de las tres Gracias (*Te.* 909).

EUGEÓN: uno de los nombres dados al padre de Homero (*Cert.* 21).

EULÍMENA: Nereida (*Te.* 247).

EUNICA: Nereida (*Te.* 246).

EUNOMÍA ('buena ley'): una de las Horas (*Te.* 902).

EUPOMPA: Nereida (*Te.* 261).

EURÍALA: Gorgona, hija de Forcis y Ceto, hermana de Esteno y Medusa (*Te.* 276).

EURIBIA: hija de Ponto y Gea, madre de Astreo, Palante y Perses (*Te.* 239, 375).

EURICLES: adivino que aconseja la inmolación de los asesinos de Hesiodo (*Cert.* 247).

EURÍNOME (= dadivosa): Oceánide (*Il.* XVIII, 394), tercera esposa de Zeus y madre de las Gracias. Pausanias (VIII, 41, 4) habla de un templo y un sacrificio anual en Figalia en medio de un bosque de cipreses (*Te.* 358, 907).

EURÍPILO: héroe homérico (*Cert.* 301).

EURISTEO: hijo de Esténelo, rey de Tirinte, que impone a Heracles sus famosos «trabajos» (*Esc.* 91).

EURITIÓN: boyero de Gerión (*Te.* 293).

EUROPA: Oceánide. Europa aparece como nombre de una fuente en Dodona (en Tesalia el río Europo). En *Himno a Apolo* (vv. 251 y 291) Europa designa a Grecia continental como distinta del Peloponeso e islas (*Te.* 357).

EUTERPE ('la encantadora'): Musa de la música (*Te.* 77).

EVÁGORA: Nereida (*Te.* 257).

EVARNA: Nereida (*Te.* 259).

EVENO: río de Etolia, hijo de Océano. Probablemente el río etolio en que Eveno, el padre de Marpesa, se ahogó (Apolod. *Bib.* I, 7, 8). Otro río Eveno fluía en el golfo de Adramitio, frente a Lesbos (*Te.* 345).

EXADIO: lapita (*Esc.* 180).

FAETONTE: hijo de Céfalo y Eos. En otros lugares hijo de Helio y Clímene (cf. *Etíopes*) (*Te.* 987).

FALERO: lapita (*Esc.* 180).

FALSEDADES: personificadas, hijas de Eris (*Te.* 229).

FASIS: río de la Cólquide, hijo de Océano y Tetis, que aparece mencionado también en conexión con los Argonautas (*Te.* 340).

FATIGA (*Ponos*): hija de Discordia (*Te.* 226).

FEBE: hija de Gea y Urano. Madre de Letó. Este nombre tiene probablemente su origen en un epíteto, como Febo. Esquilo (*Eum.* 7) emplea esta semejanza y hace derivar a Febo, incidentalmente, de él (*Te.* 136, 404).

FEBO ('brillante'): epíteto y nombre de Apolo (*Te.* 14; *Esc.* 68, 100).

FEGES: padre de Anfífanes y Ganíctor, en cuya casa se hospeda Hesiodo en Énoe *(Cert.* 230).

FEME ('habladuría'): concepto elevado al estatus de Espíritu *(Tr.* 760).

FERUSA: Nereida. Quizá «la que lleva barcos» (cf. *Od.* III, 300; X, 26) *(Te.* 248).

FICIO: montaña cerca de Tebas que toma su nombre de la esfinge que, por ejemplo, en *Te.* 326 se llama *Fix (Esc.* 33).

FILÍRIDA: patronímico de Quirón, hijo de Fílira *(Te.* 1002).

FILOTERPES: antepasado en la genealogía de Homero y Hesiodo *(Cert.* 51).

FILOTES: amor / amistad / afecto. Hijo de la Noche. Implica, en cierto modo, posesión, como lo indica su empleo como posesivo y su alternancia con expresiones como «poseída por...». Igualmente puede pensarse en la afirmación de los cínicos de que «los amigos son una sola alma en dos cuerpos», o la de los estoicos de que «comunes son las cosas de los amigos», o incluso en el ritual cristiano del matrimonio, que afirma que por el amor los dos se convierten en uno. Las contraposiciones: *pólemos / filía; neikos / harmonía + Eris / eros* aparecen en las narraciones mitológicas y filosóficas como parejas de fuerza, estrechamente unidas, presidiendo instituciones complementarias *(Te.* 224).

FIX: monstruo legendario, cuya morada se situaba en el monte Ficio, en Beocia (cf. *Esc.* 33) y que más tarde se confunde con la esfinge *(Te.* 326).

FOBO(S): Pánico, hijo de Ares y Afrodita *(Te.* 934; *Esc.* 155).

FOCEOS: habitantes de Fócide, región de Grecia central *(Esc.* 25).

FOCO: hijo de Eaco y de la Nereida Psámata, antepasado de los Foceos (Paus. II, 29, 2; X, 1, 1); cf. Eaco *(Te.* 1004).

FONOI: 'Asesinatos', hijos de la Discordia *(Te.* 228).

FORCIS: hijo de Ponto y Gea, esposo de Ceto, padre de las Grayas *(Te.* 237).

FRIGIA: región del centro de Asia Menor *(Cert.* 112).

FURIAS: las Erinias. Nacidas de la sangre de Urano *(Te.* 185, *Tr.* 803).

GALATEA: Nereida. Doncella blanca que habitaba el mar en calma, amada por Polifemo, cíclope siciliano de monstruoso cuerpo (cf. *Il.* XVIII, 45; Teocr. XI; Ov. *Met.* XIII, 740 ss.) *(Te.* 250).

GALAXAURA ('de viento suave como la leche'): Oceánide *(Te.* 353).

GALENA: ('la calma' / 'el mar tranquilo'): Nereida de la que había una estatua en el templo ístmico de Posidón *(Te.* 244).

GANÍCTOR: 1) hijo de Anfidamante, rey de Eubea, que organiza en esta isla los juegos fúnebres en honor de su padre, en los que compiten Homero y Hesiodo; 2) hermano de Antifanes, en cuya casa, en Énoe, se hospeda Hesiodo (*Cert.* 65, 231).

GEA: la tierra personificada, madre y esposa de Urano, del que se venga con ayuda de su hijo Crono (*Te.* 20, 45, etc.).

GERAS: la vejez, hija de la Noche (*Te.* 225).

GERIÓN: Gigante hijo de Crisaor y Calírroe, al que mata Heracles. Sobre la localización de la leyenda las opiniones no coinciden: Apolod. (*Bib.* II, 5, 10) y Hrdoto. (IV, 8, 1) la sitúan en Iberia, frente a otros (Arriano, *Anab.* II, 16, 5-6) que prefieren el Epiro (*Te.* 287, 982).

GIGANTES: hijos de Gea y Urano. Nacen de la tierra, pero con un elemento fertilizante (la sangre de un dios). En la literatura primitiva se les representa con armadura completa y tipo humano. Sólo más tarde luchan con peñas y troncos de árboles. Su nacimiento (completamente armados) hace pensar en los *sparti* de Tebas y Cólquide, lo que implicaría que iban a luchar (*Te.* 185).

GIGES: centímano, hijo de Gea y Urano (*Te.* 618).

GLAUCA ('la brillante' / 'verde'): Nereida. Este nombre aparece como epíteto del mar en *Il.* XVI, 34 (*Te.* 244).

GLAUCÓNOMA: Nereida (*Te.* 256).

GORGO: hijo de Midas (cf. Janto) (*Cert.* 266).

GORGONAS: tres hijas de Forcis y Ceto: Esteno, Euríala y Medusa. Las dos primeras eran inmortales. Habitaban en Occidente, no lejos del reino de los muertos. Su aspecto era espantoso: serpientes en lugar de cabellos, grandes colmillos, manos de bronce y alas de oro. Sólo Perseo se atreve a enfrentarse a ellas; corta la cabeza de Medusa, empleando para ello objetos mágicos, que le proporcionan Atenea y Hermes: sandalias aladas, casco de Hades, que le hace invisible, hoz de un metal milagroso (diamante), zurrón especial, escudo de bronce de Atenea (cf. Apolod. *Bib.* II, 4, 2 ss.). Estos seres llegan a Grecia probablemente de Oriente y suelen aparecer representados en escudos, copas, etc., con función apotropaica (*Te.* 274; *Esc.* 224, 230).

GRACIAS: *véase* Cárites.

GRÁNICO: río de Tróade, hijo de Océano y Tetis (*Te.* 342).

GRAYAS ('viejas'): Enio, Penfredo y Dino, hijas de Forcis, por lo que también son las llamadas Fórcides. A veces son representadas como viejas y feas, pero otras veces se representan como jóvenes y delgadas.

Son llamadas viejas por su pelo. Hesíodo parece que no conoce la versión en que éstas tenían un solo diente y un solo ojo, que empleaban por turno las tres *(Te.* 270).

HADES: nombre que designa tanto al dios del mundo subterráneo como al propio mundo. Hijo de Crono y Rea, hermano de Zeus, raptor de Perséfone. Tiene como atributo un casco que hace invisible al que lo lleva *(Te.* 311, 455; *Tr.* 153; *Cert.* 80).

HALIA ('salada'): Nereida *(Te.* 245).

HALIACMÓN: río, a veces macedonio, pero aquí parece el primitivo nombre del argivo Ínaco *(Te.* 341).

HALIMEDA: Nereida *(Te.* 255).

HAMBRE: personificada, hija de Eris *(Te.* 228; *Tr.* 299).

HARMONÍA: esposa de Cadmo, hija de Ares y Afrodita *(Te.* 937).

HARPÍAS: hijas de Taumante y Electra: Aelo (borrasca), Ocípeta (vuela rápido) y Celeno (oscura). Representadas igual que las sirenas, como aves con cabeza femenina y afiladas garras; aparecen como raptoras de niños y de almas, pero, sobre todo, fue víctima suya Fineo, hasta que los Argonautas lo libraron de ellas. Sin embargo, en la época más primitiva eran imaginadas como caballos. En Homero la harpía

Ocípeta es la madre de Céfiro (viento del oeste) y de los maravillosos caballos de Aquiles *(Te.* 267).

HEBE: hija de Zeus y Hera, esposa de Heracles *(Te.* 17, 922).

HÉCATE: hija de Perses y Asteria, esposa de Forbante, madre de Escila. Parece que llegó a Grecia desde Caria *(c.* 700), pero no se sabe cuándo. En el siglo V es adorada en Egina, Selinunte y Atenas, pero más bien como diosa de culto privado. La Hécate descrita por Hesíodo es muy distinta de la familiar de siglos más tarde. Está libre de asociaciones lunares, mágicas, ctónicas..., es una diosa independiente, dispuesta a ayudar a distintos tipos de hombres en diferentes situaciones. Su esfera de influencia es más «universal» que las de otros dioses. Hesíodo pudo conocer su culto a través de su padre y el que su hermano se llame Perses (como el padre de Hécate) puede llevar a pensar que el padre de Hesíodo fuera devoto de Hécate. Por otra parte, como es prima de Apolo y Ártemis y su nombre se corresponde con el título de *hekatos* de Apolo (dios también de origen asiático) y su carácter y atributos son muy semejantes a los de Ártemis, se podría pensar en una hipóstasis de Ártemis en Hécate, con la que, de hecho, se identificó después *(Te.* 411).

HÉCTOR: héroe troyano, hijo de Príamo y Hécuba, que mata a Patroclo y muere a manos de Aquiles en la guerra de Troya (*Cert.* 197).

HEFESTO: en Homero (*Il.* I, 578; XIV, 338; *Od.* VIII, 312) es hijo de Zeus y Hera. Aquí lo es sólo de Hera, en revancha por el nacimiento de Atena. Ambos son patronos de los artesanos (*Od.* VI, 233). Es el esposo de Aglaya (*Te.* 927; *Tr.* 60; *Esc.* 123).

HÉLADE: Grecia (*Tr.* 653).

HELÁNICO: historiador de *c.* 400 a.C. (*Cert.* 20).

HELENA: reina de Esparta, esposa de Menelao, hija de Zeus y Leda, hermana de Cástor y Pólux. Su rapto por Paris provoca la guerra de Troya (*Cert.* 318; *Tr.* 165).

HÉLICE: ciudad de Acaya (*Esc.* 381).

HELICÓN: monte de Beocia en el que las Musas se aparecen a Hesiodo (*Te.* 2; *Tr.* 639; *Cert.* 5).

HELICONÍADAS: epíteto de las Musas (*Te.* 1).

HELIO: sol, hijo de Hiperión, hermano de Eos y Selene, esposo de Perseis, padre de Eetes y Circe (*Te.* 19, 371).

HÉMERA (*véase Éter*): Día, hija de Noche y Érebo, esposa de Éter. El día nace de la noche y no viceversa, porque representa un estado más desarrollado: noche > día = próspero (el mundo tiene forma y es re-corrido por hombres); día > noche = regreso. De ahí, posiblemente, el que Homero diga siempre «noches y días» y no al contrario (*Te.* 124, 748).

HENÍOCA: esposa de Creonte, rey de Tebas (*Esc.* 83).

HEPTÁPORO: río de Troade (*Te.* 341).

HERA: esposa de Zeus, hija de Crono y Rea (*Te.* 11, 454).

HERACLES: hijo de Zeus y Alcmena. Nace en Tebas, pero la mayor parte de sus hazañas tienen lugar en Tirinte. Héroe tipo espartano que logra vencer a los monstruos con su fuerza, utilizando la maza y la piel de león, representado siempre con aspecto rudo, salvaje, frente al héroe civilizado ático, Teseo, imberbe, que utiliza las armas propias de los hombres civilizados (*Te.* 289, 943; *Cert.* 115).

HERMES: hijo de Zeus y Maya, mensajero de los dioses; inventor de la lira; dios de los comerciantes, ladrones, caminantes, es representado con alas en los pies, un caduceo en sus manos y la cabeza cubierta con gorro de ancha ala. Se le consagra el cuarto día del mes (*Te.* 444, 938; *Tr.* 68).

HERMÍONE: ciudad de Argólide (*Cert.* 295).

HERMO: río de Lidia, hijo de Océano y Tetis, al N.E. de Cime (*Te.* 343).

HESIODO: poeta didáctico (cf. *Cert.* 1; *Te.* 22).

HESPÉRIDES: son hijas de la Noche porque habitan al extremo Occidente. Encargadas de la custodia de las manzanas de oro, un fruto mítico común (cf. las de Atalanta, la de Eris en la boda de Tetis y Peleo, la de Eva). Si bien se caracterizan por «de hermoso canto» (*Te.* 275), éste no parece peligroso, como el de las sirenas. Quizá como Circe, aparecen cantándose a sí mismas (*Te.* 215, 275).

HESTIA: diosa del Hogar. Única de las hijas de Crono que permaneció virgen (*Te.* 454).

HÍADES ('lluviosas'): grupo de estrellas de Tauro, ligadas a las Pléyades, cuya aparición coincidía con las épocas de lluvia. Para unos habían sido las nodrizas de Dionisio que, por miedo a Hera, tras confiar el niño a Ino, huyeron junto a su abuela Tetis, y allí, después de ser rejuvenecidas por las artes mágicas de Medea, fueron transformadas en Constelación. Otros, en cambio, cuentan que, desoladas por la muerte en una cacería de su hermano Hiante, se suicidaron y fueron transformadas en Constelación (*Tr.* 615).

HIDRA: hija de Tifón y Equidna, aniquilada por Heracles, que envenenó con su sangre las flechas (*Te.* 313).

HÍMERO: personificación del Deseo amoroso, compañero de las Gracias (*Te.* 64).

HIPERIÓN: ('el que va por encima'): hijo de Urano y Gea. Padre del Sol. A veces aparece como epíteto suyo (*Te.* 134, 374).

HIPERIÓNIDA: patronímico de Helio (*Te.* 1011).

HIPNO: ('Sueño'): hijo de la Noche, hermano menor de Tánato (*Te.* 212).

HIPO ('caballo'): Oceánide. Con frecuencia las deidades acuáticas son representadas en formas equinas o asociadas al caballo. Cf. en *Te.* 251 Hipótoa, Hipónoe, Posidón Híppios (*Te.* 351).

HIPÓNOA: Nereida (*Te.* 251).

HIPÓTOA: Nereida (*Te.* 251).

HIRNETO: uno de los nombres dados a la madre de Homero (*Cert.* 26).

HISTIA (cf. Hestia): diosa del hogar, hija de Crono y Rea (*Te.* 454).

HOMADOS: Tumulto, personificado (*Esc.* 155).

HOMERO: poeta épico (cf. *Cert.* 1).

HOMÉRIDAS: sociedad de rapsodos que hacían remontar su linaje a Homero y estaban especializados en cantar sus poemas y detalles de su vida (*Cert.* 15).

HOPLEO: lapita (*Esc.* 180).

HORAS: hijas de Zeus y Temis: Eunomía (buena ley, disciplina), Dike (justicia), Eirene (paz). Normalmente son las estaciones personificadas, particularmente las estaciones de vida y crecimiento, como expresan sus nombres en el culto: Talo (brotar), Auxo (crecer) y Carpo (fructificar) (Paus. IX, 35, 2). De ahí que con frecuencia aparezcan asociadas a Afrodita y a las Gracias (cf. *Tr.* 73-5; *Him. Ap.* 194-9). Pero aquí son algo distintas como muestran sus nombres. Son desde el principio diosas que protegen los trabajos de los hombres, sus tierras cultivadas. El poeta, sin embargo, ve la paz y prosperidad de esos trabajos como dependientes de la paz y justa administración (*Tr.* 255-47; *Od.* XIX, 119) y transfiere el nombre colectivo de protectoras a las diosas que representan esos comportamientos cívicos. Así, pues, como divinidades de la naturaleza presiden el ciclo de la vegetación y, como divinidades del orden, aseguran el equilibrio social y simbolizan, en definitiva, un orden cósmico apoyado en los demonios de la profundidad de la tierra (Erinias/Némesis) (*Te.* 901).

HORCO: Juramento, hijo de la Discordia, dios encargado de recoger la palabra jurada y castigar a los que la violan. Planea amenazante sobre las cabezas y por eso a los perjuros se les llama *epiorcoi* = «esos sobre quienes está Horco» (*Te.* 231; *Tr.* 219).

HYBRIS: soberbia, insolencia (*Tr.* 217).

HYSMENIA ('batalla'): personificada, hija de Discordia (*Te.* 228).

IDA: 1) monte de la Tróade (*Te.* 1010); 2) monte de Creta.

IDÍA (sabia): Oceánide, madre de Medea (*Te.* 352, 960).

IFICLES: hijo de Anfitrión y Alcmena, gemelo de Heracles (*Argum. Esc.* 19).

ILIÓN: otro nombre de Troya (*Cert.* 144).

ILITÍA: hija de Zeus y Hera, que preside los alumbramientos. Hera misma es la diosa del nacimiento, entre otros aspectos, y es adorada bajo el nombre de Hera Ititía en Argos y Atenas (*Te.* 922).

INO: hija de Cadmo y Harmonía, que es enloquecida por Hera por recoger al pequeño Dioniso, al ser fulminada Sémele. En su locura arrojó a su hijo menor a un caldero de agua hirviendo y luego se lanzó al mar con el cadáver de su hijo, pero las divinidades marinas se apiadaron de ellos y los transformaron, a ella en una nereida, Leucotea, y al niño en el pequeño dios Palemón (*Te.* 976).

IOS: isla entre Naxos y Tera que, según un oráculo, era la patria de la madre de Homero (*Cert.* 63).

IRENE (Eirene: 'paz'): una de las Horas. Suele ir acompañada del epíteto de «floreciente» porque las ciudades florecen bajo su gobierno. Tuvo un altar en Atenas desde 465 a.C. *(Te.* 902).

IRIS: por ser hija de Taumante y Electra, su nombre se asocia con el arco iris, símbolo de la unión entre la tierra y el cielo. Suele ser representada con alas porque, como Hermes, tiene a su cargo la transmisión de mensajes. Por su rapidez, aparece como hermana de las Harpías *(Te.* 266).

ISTRO: río Danubio *(Te.* 339).

ÍTACA: isla del mar Jónico, patria de Odiseo *(Cert.* 39).

JANTA ('rubia'): Oceánide *(Te.* 356).

JANTO: hijo de Midas que, con su hermano Gorgo, piden a Homero que componga un epigrama para la tumba de su padre *(Cert.* 265).

JÁPETO: Titán, hijo de Urano y Gea, esposo de Clímene, padre de Atlante, Menetio, Prometeo y Epimeteo. La figura más titánica, desde Crono. Su nombre no es griego y desde el Renacimiento muchos lo identifican con el bíblico «Yapetos» de los Setenta, con el que se ven varias coincidencias: nombre, castración del padre por parte de un hermano (cf. Génesis IX, 21 –en la Biblia es más suave–); conexión, indirectamente, con el diluvio (el grie-

go por Deucalión, el bíblico por su padre Noé) *(Tr.* 50; *Te.* 18, 134).

JAPETÓNIDA: patronímico de Prometeo *(Te.* 528; *Tr.* 54).

JASÓN: hijo de Esón que, para recuperar el reino de su padre, Yolco, del que había sido expulsado por su hermano Pelias, tiene que conquistar el Vellocino de Oro. Organiza con este objetivo la expedición de los Argonautas y, con la ayuda de Medea, hija del rey de la Cólquide, logra su objetivo *(Te.* 993, 1000).

JURAMENTO: cf. Horco *(Te.* 231; *Tr.* 219).

JUSTICIA: cf. Dike *(Te.* 902; *Tr.* 216, 256).

KER ('hado/destino') de una persona): hija de la Noche. En plural posiblemente tienen el mismo sentido que las Moiras, las Erinias o cualquiera de los «démones» de la muerte (no del destino), como en *Il.* II, 834; *Il.* XII, 326; *Il.* XIII, 687... En el arca de Cípselo (Paus. V, 19, 6) una Ker está a la derecha de Polinices con atributos similares a los muertos, cf. Eur. *Herac.* 870; Apolod. R. IV, 1664 *(Te.* 211; *Esc.* 249).

LADÓN: río, hijo del Océano y Tetis. Padre de Dafne (Paus. II, 20; Apolod. *Bib.* II, 5, 3). Hay dos ríos de este nombre, uno afluente del Peneo eleo y otro arcadio, afluente del Alfeo (el de aquí). También era ése el nombre antiguo del tebano Ismenio (Paus. IX, 10, 6) *(Te.* 344).

LAMENTO: personificado, hijo de la Noche *(Te.* 214).

LAOMEDEA: Nereida *(Te.* 257).

LAPITAS: hijos del dios-río tesalio Peneo y la ninfa Creusa (o Fílira), guerreros míticos enfrentados a los centauros. En el *Escudo* aparecen nueve enfrentados a siete centauros. En *Il.* I, 262 ss. aparecen seis. Los nombres de Hoplio y Próloco no aparecen atestiguados en otros lugares. Pero cf. los restos de las inscripciones que quedan sobre figuras de lapitas y centauros del Vaso François *(Esc.* 179-82).

LÁQUESIS: una de las Moiras *(Keres),* hijas de la Noche *(Te.* 218).

LATINO: hijo de Odiseo y Circe *(Te.* 1013).

LEÁGORA: Nereida *(Te.* 257).

LENEO: nombre en jonio del mes ático Gamelión, que corresponde a la segunda mitad de enero y la primera de febrero. De él derivan las *leneas,* fiestas en honor de Dioniso que se celebran en esa época del año *(Tr.* 504).

LERNA: río o pantano en el extremo S.O. de la llanura argiva *(Te.* 314).

LETHE: personificación de olvido, hijo de Discordia, da su nombre a una fuente situada en los infiernos *(Te.* 227).

LETÓ: madre de Apolo y Ártemis *(Te.* 18, 406; *Tr.* 771; *Esc.* 202).

LETOIDA: patronímico de Apolo *(Esc.* 479).

LICTO: una de las siete principales ciudades de Creta, citadas en *Il.* II, 646, asociadas con el nacimiento de Zeus, pero hay varias cuevas en su alrededor y no se sabe cuál de ellas sería exactamente en la que nació Zeus. Otros hablan de una cueva en el Ida que sería una en la cima del monte que parece haber sido la cueva santuario más importante en la edad del hierro en Creta *(Te.* 477).

LIMO: personificación del Hambre, hija de Discordia *(Te.* 227; *Tr.* 299).

LINCEO: hijo de Egipto, casado con Hipermestra, única de los Danaides que no mató a su esposo. Antepasado lejano de Heracles (Linceo > Abante > Acrisio > Dánae > Perseo > Alceo > Anfitrión) *(Esc.* 327).

LINO: uno de los antepasados en la genealogía de Homero y Hesiodo *(Cert.* 48).

LISIANASA: Nereida *(Te.* 258).

LOCRIOS: habitantes de Lócride *(Esc.* 25).

MACHAI: personificación de las Luchas, hijas de Discordia *(Te.* 228).

MARGITES: poema atribuido a Homero *(Cert.* 18).

MASACRES: personificadas, hijas de Discordia *(Te.* 228; *Esc.* 155).

MASES: ciudad de Argólide *(Cert.* 297).

MAYA: una de las Pléyades, hija de Atlante, madre de Hermes (*Te.* 938).

MEANDRO: río de Asia Menor, hijo de Océano y Tetis (*Te.* 339).

MECISTEO: padre de Eurípilo, héroe homérico (*Cert.* 302).

MECONA: se dice que era el primitivo nombre de Sición. Al sur de Sición está Titana, así llamada, según los de Sición por un Titán que era hermano del Sol (Paus. II, 11, 5). No obstante es dudoso si tiene conexión con Prometeo (*Te.* 536).

MEDEA: hija de Eetes, rey de la Cólquide. Hechicera que comete crímenes para ayudar a Jasón. Cuando éste al final decide abandonarla, para casarse con la hija del rey de Corinto, provoca los celos de Medea y ella, tras acabar, mediante hechizos, con la vida de la prometida y de su padre, mata a sus propios hijos y huye por los aires en un carro a Atenas donde Egeo le ofrece hospitalidad (*Te.* 961).

MEDEO (normalmente llamado Medo): hijo de Medea y Jasón, rey epónimo de los medos, educado por Quirón (Apolod. *Bib.* 1, 9, 28) (*Te.* 1001).

MEDÓN: rey de Atenas en cuya casa se hospedó Homero (*Cert.* 281).

MEDUSA: una de las Gorgonas, hijas de Forcis y Ceto (*Te.* 276).

MELANOPO: antepasado de Homero y Hesíodo en su genealogía (*Cert.* 52).

MELES: río de Esmirna (Asia Menor) (*Cert.* 9).

MELESÍGENES: nombre originario de Homero según los habitantes de Esmirna que fue cambiado, después, por el de Homero, al quedarse ciego (*Cert.* 10).

MELIADES: 'Ninfas de los fresnos', nacidas de las gotas que caen sobre la tierra al ser mutilado Urano. En recuerdo de este nacimiento, las lanzas homicidas se hacen de estos árboles, de los que también se dice que proceden los hombres de la raza de bronce (*Tr.* 145) y a eso se debe su carácter belicoso.

MÉLITA: Nereida (*Te.* 247).

MELÓBOSIS (que alimenta rebaños): Oceánide. Por su nombre puede pertenecer a una clase especial de ninfas que protegen los rebaños (*Te.* 354).

MELPÓMENE ('la que canta'): Musa de la tragedia (*Te.* 77).

MEMNÓN: hijo de Titono y Eos, rey de los etíopes (*Te.* 984).

MENÉMACO: sacerdote considerado por los egipcios padre de Homero (*Cert.* 23).

MENESTO: Oceánide (*Te.* 357).

MENETIO: hijo de Jápeto, hermano de Atlante, Prometeo y Epimeteo. Figura oscura, con un nombre más apropiado para hombre que para dios, pues es familiar como el nombre del padre de Patroclo (cf. Apolod. *Bib.* I, 2, 3) *(Te.* 510).

MENIPA: Nereida *(Te.* 260).

MEÓN: uno de los nombres dados al padre de Homero *(Cert.* 21).

METIS ('Prudencia'): Oceánide. Primera esposa de Zeus, que le entregó a éste la droga que obligó a Crono a devolver los hijos que se había tragado. Para evitar que el hijo que nazca de ella lo destrone, Zeus se la traga y así es él quien da a luz a Atenea. En *Certamen* éste es uno de los nombres que se dan a la madre de Homero *(Te.* 358, 886; *Cert.* 23).

METONA: ninfa antepasada de Homero y Hesiodo *(Cert.* 49).

MIDAS: legendario rey de Frigia que había obtenido de los dioses la facultad de convertir en oro cuanto tocaba *(Cert.* 265).

MIEDO: personificado *(Esc.* 144).

MIMANTE: centauro *(Esc.* 186).

MINIAS: fundador de Orcómeno *(Cert.* 255).

MINOS: rey de Creta, padre de Ariadna, hijo de Zeus y Europa que recibe un precioso toro como regalo de Posidón para que se lo sacrifique. Minos no cumple la indicación del dios y, como castigo, su esposa Pasifae, hija de Helio, hermana de Circe y Eetes, se enamora del toro y engendra al monstruoso Minotauro (cf. en Babilonia hombre-toro) *(Te.* 948).

MIRMIDONES: míticos habitantes de la Ptiótide *(Esc.* 380) (cf. *Eaco).*

MNASÁGORAS: uno de los nombres que se dan al padre de Homero *(Cert.* 22).

MNEMÓSINE: hija de Urano y Gea, conocida como madre de las Musas (cf. *Alcmán* 8, 9; *Solón* 1, 1); no debe ser simple alegoría de la memoria sino una Musa. Pausanias (IX, 29, 2) nos dice que las tres musas originales del Helicón eran: Mélete, Mneme y Aede (preocupación, recuerdo y respeto) *(Te.* 54, 135).

MOIRAS: hilanderas que se encargan de tejer *(Cloto)* el destino que debe alcanzar a cada uno *(Láquesis),* cuidando que se cumpla hasta el final, sin darse la vuelta *(Átropo).* Aparecen bien como hijas de la Noche *(Te.* 217), bien de Temis *(Te.* 904) y, como tales, hermanas de las Horas a las que une su función, como hijas de Temis, de orden y regularidad *(Te.* 217, 904).

MOMO ('sarcasmo/burla'): hija de la Noche. El consejo de Momo a Zeus (nacimiento de Helena) fue responsable de la cadena de acontecimientos que condujeron a la guerra de Troya, con la que se intentaba disminuir el excesivo número de hombres sobre la tierra *(Te.* 214).

MONTAÑAS: personificadas, hijas de Gea *(Te.* 129).

Mopso: lapita, hijo de Ampix. En Ovidio (*Met.* 12, 450) se dice que participó en la batalla contra los centauros. El padre de Ampix era Titarón, epónimo de una ciudad tesalia. Mopso toma parte en la expedición de los Argonautas entre los que era famoso por su oficio de augur (cf. Apolod. I, 65, 80; IV, 1516) (*Esc.* 181).

Moro: hijo de Noche: 'muerte señalada de un hombre'. Su nombre es de la misma raíz que Moiras que son las diosas que la señalan (*Te.* 211).

Musas: las nueve hijas de Zeus y Mnomósine, que tienen a su cargo las artes y ciencias; Melpómene la tragedia; Talía la comedia; Urania la astronomía; Calíope la poesía épica; Polimnia los cantos; Terpsícore los coros; Euterpe la música; Clío la historia y Erato la poesía lírica. Existían dos grupos principales, las de Tracia, en Pieria, y las de Beocia, en el Helicón. Las primeras, cercanas al Olimpo, aparecen ligadas al mito de Orfeo y al culto de Dioniso por la importancia que éste tenía en Tracia. Las del Helicón están bajo la dependencia directa de Apolo que dirige sus cantos en torno a la fuente Hipocrene. En principio el número no era fijo. El número nueve aparece en Homero, en *Od.* XXIV, 60, pero el que un poeta invoque a una Musa en singular no es

significativo, pues puede aludir a la Musa del género que cultiva (*Te.* 1, 25; *Tr.* 1, 658; *Esc.* 206).

Nausínoo: hijo de Calipso y de Odiseo, primer rey de los feacios. Éstos eran *nausiklytoi* = «famosos por sus naves» y esto tiende a reflejarse en sus nombres individuales (*Od.* VII, 39, 55, o cf. también, por ejemplo, Nausícaa) (*Te.* 1018).

Neikea: 'Disputas', hijas de Discordia (*Te.* 229).

Nemea: llanura de la Argólide, famosa por los estragos que en ella causó el León hijo de Orto y Equidna, al que tuvo que matar Heracles asfixiándolo ya que era invulnerable. Por ello también, una vez conseguida la victoria, llevó consigo siempre la piel del león (*Te.* 327; *Cert.* 228).

Nemertes: Nereida (*Te.* 262).

Némesis: hija de la Noche. Personificación de «la venganza divina» y la «conciencia pública», pero también «distribución de lo que se debe» (*Te.* 223; *Tr.* 197).

Nereidas: hijas de Nereo. No son una ficción poética, sino figuras importantes de la religión popular (cf. Hrdto. VII, 191). Son ninfas del mar que pueden predecir el futuro como otras deidades marinas y participan con Glauco en un oráculo en Delos. La mayor parte de los nombres son sugeridos por el mar, o por las características de su padre (belleza, generosidad, conocimiento del futuro) que se personaliza así en sus hijas como es típico de todas las mitologías (cf. *Il.* XVIII, 38-48). Damos a continuación los nombres de las que aparecen en Hesíodo indicando, entre paréntesis, una posible significación de su nombre: *Actea* (costa escarpada), *Anfitrite, Autónoa* (inteligente en sí misma), *Cimatolega* (que hace cesar el oleaje), *Cimo* (ola), *Cimédoca* (que recibe las olas), *Cimótoa* (de rápidas olas), *Dinámena* (poderosa), *Dóride* (la doria), *Doto* (dadivosa), *Erato* (amiga), *Espeo* (la de las grutas), *Eucranta* (que se cumple bien), *Eudora* (generosa), *Eulimena* (de buen puerto), *Eunica* (de fácil victoria), *Eupompa* (que conduce fácilmente), *Evágora* (que habla bien), *Evarna* (rica en rebaños), *Éone* (costa, orilla), *Ferusa* (que transporta), *Galatea* (blanca, lechosa), *Galena* (calma), *Glauca* (azulada, resplandeciente), *Glaucónoma* (reparte brillo), *Halimeda* (que se cuida o preocupa del mar), *Halia* (salada), *Hipónoa* (inteligencia de caballo), *Hipótea* (rápida como un caballo), *Laomedea* (que se preocupa del pueblo), *Leágora* (de suave palabra), *Lisianasa* (señora de la libera-

ción), *Mélita* (dulce), *Menipa* (de vigor de caballo), *Nemertes* (infalible), *Nesea* (isleña), *Neso* (isla), *Pasitea* (totalmente divina), *Plato* (navegable), *Pánope* (la que ve todo), *Pulínoa* (de mucha mente), *Pontomedea* (previsora), *Pontoporea* (que ayuda a atravesar el mar), *Prónoa* (previsora), *Proto* (primera), *Psámata* (arenosa), *Sao* (salvadora), *Tetis* (¿la establecida/positiva?), *Toa* (rápida) *(Te.* 240).

NEREO: hijo de Ponto, esposo de Dóride, padre de las Nereidas, bienhechor y benévolo para los marinos. Aparece en primer lugar porque sus cualidades son contrastadas con las de los hijos de Eris. Es uno de los nombres que se dan al «viejo hombre del mar»; se le suele representar con barba cana, cabalgando sobre un tritón y armado con un tridente *(Te.* 249).

NESEA: Nereida *(Te.* 249).

NESO: Nereida *(Te.* 261) y río de Tracia *(Te.* 341).

NÉSTOR: rey de Pilo, hijo de Neleo, prototipo de anciano, prudente, excelente en el consejo *(Cert.* 28).

NIEBLA *(Achlys):* personificación de la niebla/oscuridad que produce la muerte *(Esc.* 264).

NIKE: personificación de la Victoria, hija de Estigia y Palante. Para su subordinación a Zeus se puede ver la colosal estatua (de Fidias) de Zeus en Olimpia, en la que lleva a Nike en su mano derecha (Paus. V, 11, 1, 2). También en Olimpia había un altar de Zeus Catarsios y Nike (Paus. V, 14, 8) *(Te.* 384).

NILO: río de Egipto, hijo de Tetis y Océano *(Te.* 338).

NINFAS: 'doncellas' que pueblan la naturaleza cuya fecundidad personifican. Divinidades inferiores hijas de Urano y Gea o, según otros, de Zeus. Hay varias categorías: Melias o Melíades (ninfas de los fresnos), Náyades (de las fuentes y corrientes de agua), Nereidas (del mar en calma), Oreidas (de los montes), Alseidas (de los bosques), Dríades o Hamadríades (de los árboles) *(Te.* 130).

NOCHE: hija de Caos y madre de Éter y Día *(Tr.* 17; *Te.* 20).

NOTO: viento del sur, cálido y cargado de humedad, hijo de Astreo y Eos *(Tr.* 675; *Te.* 380).

OCEÁNIDES (tres mil): hijas de Océano y Tetis. Su catálogo se asemeja bastante al de las Nereidas, con las que coinciden en algunos nombres, pero en general los de las Oceánides son menos persistentemente acuáticos y menos transparentes. Unos reflejan propiedades de su padre, otros no tienen conexión esencial con el agua *(Te.* 346).

OCÉANO: nombre de origen minoico con el que se designa el gran río que corre alrededor del disco llano que es la tierra (cf. *Il.* XVIII, 607). Hijo de Urano y Gea, es el prolífico esposo de Tetis con la que engendró todos los ríos y corrientes de agua fresca. Asiste a Zeus en la titanomaquia *(Te.* 398) y sirve de refugio a Hera cuando es derrocado Crono. En el *Prometeo* de Esquilo intenta reconciliar al Titán con Zeus *(Te.* 20, 133; *Tr.* 171; *Esc.* 314).

OCÍPETA: una de las Harpías, hijas de Taumante y Electra *(Te.* 267). Oceánide *(Te.* 360).

OCÍRROE (de rápida corriente): Oceánide *(Te.* 360).

ODISEO: rey de Ítaca, hijo de Laertes, al que ocurren múltiples aventuras cuando regresa de la guerra de Troya *(Te.* 1012; *Cert.* 24).

OLÍMPICO: epíteto que se aplica a: las Musas, Zeus, las mansiones de los dioses, etc. *(Te.* 25, 390, 783; *Tr.* 87, 110).

OLIMPO: monte entre Tesalia y Macedonia, en el que vivían los dioses *(Te.* 37; *Tr.* 139).

OLMEO: río de Beocia *(Te.* 6).

OLVIDO: hijo de Eris *(Te.* 227).

ORCÓMENO: ciudad de Beocia fundada por el rey Minias *(Cert.* 252).

ORFEO: cantor tracio, considerado antepasado de Homero y Hesíodo. Con su lira conseguía embelesar a cuantos le escuchaban. Al morir su esposa, Eurídice, mordida por una serpiente, baja al infierno y, ante la maravilla de su música, Hades y Perséfone acceden a restituirle a su esposa pero a condición de que no vuelva la cabeza hasta que llegue a la tierra. El músico se vuelve y la pierde. Muere destrozado por las mujeres tracias que arrojan los despojos al río. Éste los lleva al mar y así llegan a Lesbos donde le rinden honras fúnebres y por eso ahí surgen los mejores poetas líricos *(Cert.* 49).

ORIÓN: hijo de Hirieo, del que se enamoró la aurora que lo raptó y llevó a Delos. Fue muerto por Ártemis porque intentó violarla y ésta le envió un escorpión que le picó en el talón. Tanto uno como otro fueron transformados en constelaciones y por eso la constelación de Orión huye eternamente de la de Escorpión *(Tr.* 598).

ORTO: perro de Gerión hijo de Equidna, y padre de la Esfinge de Tebas *(Te.* 293).

OTRIS: monte de Ptiótide, suroeste de Tesalia *(Te.* 632).

PAGASAS: ciudad de Yolco *(Esc.* 70).

PALANTE: hijo de Crío y Euribia. Este oscuro nombre aparece en *Him. Herm.* 100 como padre de la Luna (en Hesiodo es primo) y hermano de Megamedes *(Te.* 376).

PALAS: epíteto de Atena. Una le-

yenda tardía habla de una hija de Tritón, llamada Palas, con la que habría sido educada Atenea y a la que, accidentalmente, le habría dado muerte, fabricando en su honor el Paladio *(Te.* 577; *Tr.* 76; *Esc.* 126).

PALIOXIS (reflujo): contraataque *(Esc.* 154).

PANDIÓNIDA: hija de Pandión, rey de Atenas que, agradecido al rey tracio Tereo por la ayuda que le había prestado contra Tebas, le concedió la mano de su hija Procne. De esa unión nace Itis, pero, después, Tereo se enamora de Filomela, hermana de Procne, a la que intenta violar y, para que no se lo cuente a su hermana, le corta la lengua. Filomela borda lo sucedido en una tela para comunicárselo a Procne. En venganza, ambas matan a Itis y se lo sirven en un banquete a Tereo. Cuando él se da cuenta, las persigue para matarlas pero los dioses compadecidos de ellos los transforman en ruiseñor (Procne), golondrina (Filomela) y abubilla (Tereo) *(Tr.* 568).

PANDORA: primera mujer, esposa de Epimeteo y madre de Pirra (cf. Paus. I, 24, 7) *(Tr.* 81).

PANEDES: hermano de Anfidamante que forma parte del jurado en los juegos fúnebres en que participaron Homero y Hesiodo *(Cert.* 71).

PANHELENOS: nombre genérico de los griegos *(Tr.* 528).

PÁNICO: hijo de Ares y Afrodita (*Te.* 934; *Esc.* 144).

PÁNOPE: Nereida (*Te.* 250).

PANTOPOREA: Nereida (*Te.* 256).

PARNASO: monte próximo al Delfos, consagrado a Apolo (*Te.* 499).

PARTENIO: río del Mar Negro, entre Euxino y Heraclea de Sinope (*Il.* II, 854). También era el nombre primitivo del Imbraso de Samos (*Te.* 344).

PASÍTEA: Nereida. En *Ilíada*, nombre de una Gracia (*Te.* 246).

PASÍTOA: rápida para todo. Oceánide. Otras fuentes ofrecen la variante Pisitoa (*Te.* 352).

PAZ (EIRENE): una de las Horas (*Te.* 902; *Tr.* 228).

PEGASO: caballo alado, nacido de la sangre de Medusa. Hesiodo hace proceder su nombre no de *pege,* sino de *pegai,* plural que designa las aguas, no la fuente, de un río. Cf. caballos alados de Asiria (*Te.* 281).

PEITO ('Persuasión'): Oceánide. En *Tr.* 73 aparece unida a las Gracias (*Te.* 349; *Tr.* 73).

PELEO: hijo de Éaco, se une a la nereida Tetis a pesar de que ésta se transforma en diversos seres, entre otros en jibia, para huir de él. De esa unión nace Aquiles (*Te.* 1006).

PELIAS: hijo de Posidón y Tiro, rey de Yolco, muerto a manos de sus hijas convencidas por Medea de que, si lo descuartizaban y hervían, ella con sus filtros le rejuvenecería (*Te.* 996).

PELOPONESO: Grecia meridional (*Cert.* 227).

PENEO: río de Tesalia, hijo de Océano y Tetis (*Te.* 343).

PENFREDO: una de las Grayas, hija de Ceto y Forcis (*Te.* 273).

PERIMEDES: centauro (*Esc.* 187).

PERMESO: arroyo que fluía hacia el lago de Copais, cerca de Haliarto (*Te.* 5).

PERSÉFONE: hija de Zeus y Deméter, raptada por Hades prueba la granada, por lo que debe permanecer en el mundo subterráneo dos tercios del año y sólo uno puede estar en la tierra (*Te.* 768, 913).

PERSEIS/PERSEIDA : Oceánide. La madre de Circe y Eetes (*Te.* 356, 957).

PERSEO: hijo de Zeus y Dánae que mató a la Gorgona (cf. Dánae) (*Esc.* 216; *Te.* 280) (cf. Apolod. *Bib.* II, 34).

PERSES: 1) padre de Hécate; 2) en *Trabajos y días* y en *Certamen* hermano de Hesiodo (*Te.* 377; *Cert.* 54; *Tr.* 19, 27...).

PETREA ('rocosa'): Oceánide (*Te.* 357).

PETREO: centauro (cf. Ov. *Met.* 12, 327, 330) (*Esc.* 185).

PEUCIDA: patronímico de Perímedes y Díalo (centauros) (*Esc.* 187).

PICIMEDA: hija de Apolo, antepasada de Homero y Hesiodo en su genealogía (*Cert.* 53).

PIERIA: región al norte del Olimpo. Entre éste y el Haliacmón. La asociación de las Musas con Pieria no es homérica, pues en Homero son olímpicas.

PIÉRIDES: epíteto local aplicado a las Musas. Según una leyenda son nueve doncellas, hijas de Piero y Evipe que, al competir con las Musas del Helican y ser vencidas, éstas las transforman en aves (*Esc.* 206).

PIERO: uno de los antepasados de Homero y Hesiodo (*Cert.* 48).

PILO: ciudad de Mesenia (*Esc.* 359).

PIRÍTOO: héroe tesalio, de la raza de los lapitas, amigo de Teseo. Ambos raptan a Helena y luego bajan al Hades para hacer lo mismo con Perséfone, pero quedan prisioneros hasta que llega Heracles y rescata a Teseo, pero deja a Pirítoo porque al intentar liberarlo la tierra tiembla (*Esc.* 179).

PISITOA ('de rápida persuasión'): Oceánide (*Te.* 352).

PITIA: pitonisa, sacerdotisa del oráculo de Apolo en Delfos. Su nombre proviene de que el dios establece su oráculo tras vencer a la serpiente Pitón (*Cert.* 34).

PITO: cfr. Peito (Peitho).

PITÓ: nombre del oráculo de Delfos, cf. historia de la Pitia (*Te.* 499; *Argum. Esc.* 20).

PLEXAURA ('viento que golpea'): Oceánide (*Te.* 353).

PLÉYADES: las siete hijas de Atlante, convertidas en estrellas: Taigete, Electra, Alcione, Asterope, Celeno, Maya y Mérope (*Tr.* 383, 527; *Cert.* 183).

PLUTO ('riqueza'): Oceánide. Posiblemente por la creencia de que la prosperidad es un regalo de dioses. También = «riqueza», personificada. Hija de Deméter y Yasio. Debe considerarse más específicamente como la propiedad del dios de la tierra. Normalmente se distinguen las funciones: Deméter y Perséfone se ocupan de las cosechas y Hades-Pluto es señor de los muertos (*Te.* 355, 969).

PODER: personificación, hijo de Palante y Estigia (*Te.* 385).

POLICASTA (otras veces llamada Epicasta, *Cert.* 35): hija de Néstor considerada por algunos madre de Homero (*Cert.* 27).

POLIDORA ('de muchos regalos'): Oceánide (*Te.* 354).

POLIDORO: hijo de Cadmo y Harmonía (*Te.* 978).

POLIMNIA ('la de muchos himnos'): Musa de los cantos (*Te.* 78).

PONOS: fatiga personificada. Hija de Discordia (*Te.* 226).

PONTO ('la ola'): personificación masculina del mar. Hijo de Gea (*Te.* 107).

PONTOPOREA: Nereida (*Te.* 256).

POSIDÓN: dios del mar hijo de Crono y Rea (*Tr.* 667; *Te.* 15; *Cert.* 47).

PRIMNO ('que está al borde, en el extremo'): Oceánide (*Te.* 350).

PROIOXIS: flujo personificado (*Esc.* 154).

PRÓLOGO: lapita (*Esc.* 180).

PROMETEO: hijo de Jápeto y Clímene, hermano de Atlante, Menetio y Epimeteo *(Tr.* 48; *Te.* 510).

PRÓNOA: Nereida *(Te.* 261).

PROTO: Nereida *(Te.* 243, 248).

PROTOMEDEA: Nereida *(Te.* 249).

PSAMATA: Nereida *(Te.* 260, 1004).

PULÍNOA: Nereida *(Te.* 258).

QUIMERA: hija de Hidra y madre de Esfinge. Animal fabuloso mezcla de león, serpiente y cabra, muerto por Beleforonte (cf. *Il.* VI, 181; Ov. *Met.* 9, 647; Apolod. *Bib.* II, 3, 1) *(Te.* 319).

QUÍOS: una de las mayores islas de Jonia *(Cert.* 13).

QUIRÓN: centauro hijo de Fílira y Crono, que se ocupó de la educación de varios héroes: Aquiles *(Il.* XI, 832; Pínd. *Pít.* 6, 21), Jasón (Pínd. *Pít.* 4, 102), Asclepio *(Il.* IV, 219), Aristeo, Acteón, Heracles. Herido, accidentalmente, por Heracles, al no poder curar las llagas causadas por las flechas, cede la inmortalidad a Prometeo *(Te.* 1001).

REA: hija de Urano y Gea, esposa de Crono. Salva de la voracidad de éste a Zeus *(Te.* 135, 453).

REFLUJO *(palioxis):* personificación *(Esc.* 154).

RESO: río de la Tróade, hijo de Océano y Tetis *(Te.* 340).

RESPETO *(aidós):* personificación *(Tr.* 197).

RIÑAS *(neikea):* personificadas, hijas de Discordia *(Te.* 229).

RÍOS: personificados, hijos de Océano y Tetis *(Te.* 337).

RIVALIDAD *(celo):* personificada, hija de Palante y Estigia *(Te.* 384).

RODEA ('rosada'): Oceánide *(Te.* 351).

RODIO: río de Tróade *(Te.* 341).

SANGARIO: río de Bitinia, hijo de Océano y Tetis, mencionado por Homero en conexión con los frigios *(Il.* III, 187; XVI, 719) *(Te.* 344).

SAO: Nereida *(Te.* 243).

SARPEDÓN: héroe de la *Ilíada,* jefe del contingente litio que ayuda a los troyanos. Se considera hijo de Zeus y Laodamia. Muere a manos de Patroclo *(Cert.* 126).

SELENE: la Luna, hija de Hiperión y Tea. Mujer joven y hermosa que recorre el cielo en un carro tirado por dos caballos *(Te.* 19, 371).

SÉMELE: hija de Cadmo y Harmonía. Amada por Zeus es madre de Dioniso. Muere fulminada por los rayos del dios al querer contemplar a éste en toda su gloria *(Te.* 940, 976).

SIMUNTE: río de Tróade, hijo de Océano y Tetis *(Te.* 342; *Cert.* 127).

SIRENA: genio marino, mitad mujer, mitad ave. Homero no da nombres *(Od.* XII) pero los poetas y artistas posteriores las llaman: *Thelxinoe, Thelxiope, Thelxiepea* ('de mente, voz, palabra encantadora');

Aglaphonos / *Aglaopheme* / *Aglaope* ('de voz espléndida'); *Peisinoe* ('de mente persuasiva'). Más tarde, cuando adquieren una conexión especial con el sur de Italia, son llamadas a menudo: Parténope, Leucósia y Ligeia. Sus estatuas aparecen junto a las tumbas, pues su nombre, Sirius ('el destructor'), significa que eran asesinas. De ahí su unión con las Harpías y Erinias (cf. Apolod. *Epít.* 7, 18-19) (*Cert.* 39).

SIRIO: estrella de primera magnitud, y la más brillante, en la constelación del Can mayor. Su salida tiene lugar, según Hesíodo, el 19 de julio (*Tr.* 417, *Esc.* 153).

SUEÑOS: personificados, hijos de Noche (*Te.* 212).

TAFOS (los tafios): Tafos es la isla próxima a la Acarnania. Los tafios son los que robaron las vacas de Electrión, padre de Alcmena, y sobre los que debía tomar venganza Anfitrión (*Argum. Esc.* 11).

TALÍA: la festiva. Musa de las comedias (*Te.* 77). Una de las Gracias (*Te.* 909) (vegetación) hijas de Zeus y Eurínome.

TAMIRAS: uno de los nombres dados al padre de Homero (*Cert.* 23).

TÁNATO: personificación de la muerte, hija de la Noche (*Te.* 211).

TÁRTARO: lugar de tinieblas, pero también aparece personificado como uno de los elementos primordiales del mundo (cf. Platón, *Fedón* 111e-112a). Para P. Mazon el poeta lo representa como una especie de jarra, terminada por un cuello estrecho, de donde salen las «raíces del mundo». Éste se despliega con sus tierras y mares, por encima de la boca infernal, como un ramo por encima del vaso (*Te.* 119, 720-819).

TAUMANTE: hijo de Ponto y Gea, esposo de Electra y padre de las Harpías, figura oscura, desconocida en el culto, más famoso como padre de Iris (cf. Platón, *Teet.* 155d que relaciona su nombre con *thaumazo*) (*Te.* 237).

TEA (TÍA): hija de Urano y Gea, esposa de Hiperión y madre de Helio, Selene y Eos (*Te.* 135, 371).

TEBAS: ciudad de Beocia, fundada por el fenicio Cadmo. Patria de Edipo, contra la que emprenden la guerra los siete jefes argivos (*Te.* 530; *Tr.* 162; *Esc.* 2).

TELÉBOAS: habitantes primitivos de Acarnania (*Esc.* 19).

TELÉGONO: hijo de Circe y Odiseo, o bien, según otros, de Odiseo y Calipso (*Te.* 1014).

TELÉMACO: hijo de Odiseo y Penélope. Considerado por algunos padre de Homero (*Cert.* 24).

TELESTO ('perfecta'): Oceánide (*Te.* 358).

TEMIS: personificación de la Ley, hija de Urano y Gea, y madre de las Horas *(Te.* 16, 901).

TEMISTA: uno de los nombres que se dan a la madre de Homero *(Cert.* 25).

TEMISTO: Nereida *(Te.* 261).

TEMISTONOA: hija de Ceix, mujer de Cicno *(Argum. Esc.* 25).

TERPSÍCORE: Musa de los Coros *(Te.* 78).

TERROR *(deimos):* personificación, hijo de Ares y Afrodita *(Te.* 934; *Esc.* 195).

TESEO: hijo de Egeo, rey de Atenas. Acaba con múltiples monstruos que habían poblado la tierra mientras Heracles era retenido por Onfale: Perifetes, Sinis, cerda de Cromión, Escirón, Cerción, Procrustes, Toro de Maratón. Asimismo vence al Minotauro (cf. *Egeo).* De su unión con la amazona Antíope (cf. Paus. I, 2, 1) nace su hijo Hipólito, del que se enamora después la nueva esposa de Teseo, Fedra, que, al verse frustrada en sus pretensiones se ahorca, dejando unas tablillas calumniosas contra Hipólito, que morirá víctima de la petición que Teseo hace a Posidón para que acabe con él, haciendo caso a la calumnia (cf. también Pirítoo) *(Esc.* 182).

TETIS: 1) *(Thetis):* Nereida, esposa de Peleo, madre de Aquiles; 2) *(Tethys):* hija de Gea y Urano *(Te.* 136). Consorte tradicional de Océano y, en un período más tardío identificada con el mar. Según *Il.* (XIV, 200-7) era la madre de los dioses, lo que podría hacer pensar en la correspondencia entre Océano y Tetis y Apsû y Tiâmat de la cosmología babilonia (aguas masculina y femenina) *(Te.* 1006 y 136, respectivamente).

TÍA: cf. *Tea.*

TIDEO: héroe etolio que, por haber cometido un asesinato, tuvo que abandonar el país y se fue a la corte de Adrasto donde se purificó y se casó con una de sus hijas *(Cert.* 299).

TIDIDA: Diomedes (hijo de Tideo) *(Cert.* 299).

TIFAONIO: monte de Beocia *(Esc.* 32).

TIFÓN: hijo de Tártaro y Gea, esposo de Equidna. Padre de Orto, Cerbero e Hidra. Hay tres hechos de la Tifonomaquia *(Te.* 820-880) que ligan este episodio con el mito de la sucesión del Próximo Oriente: Tifón está asociado con el sur de Asia Menor *(Te.* 304: *árimos).* Es el padre de una banda de monstruos que se asemeja a la progenie de Enûma Elis que, aunque no atacan a los dioses como grupo en el mito griego, hay una tradición en Grecia, en la que, como en el mito babilonio, una banda de monstruos, bajo el liderazgo de una serpiente, luchan con los dioses:

batalla entre Crono y Ofióni-
das, descrita por Ferécides. El
peligroso monstruo se corresponde con el Ullikummi de la
versión hurrita *(Te.* 306, 821).

TIQUE: cf. Tyche.

TIRINTE: ciudad de Argólide *(Te.*
292).

TIRRENOS: esta nación no es men-
cionada antes del siglo V, pero
parece que deben ser los etruscos, pues la historia sobre los tirrenos, cuyos reyes son Agrio y
Latino, es una historia sobre
etruscos. El comercio greco-
etrusco debió comenzar en el
siglo VIII a.C. *(Te.* 1016).

TITANES: nombre genérico de los
hijos de Urano. El mito griego
sigue la versión hurrita (distinta de la noruega y la babilonia). Primero batalla entre
dioses y después batalla con
un monstruo (Tifón/Ulliku-
mmi). Pero quizá el ejército de
monstruos de Babilonia ha
dejado un eco en la teología
griega (cf. *Te.* 270-336). La titanomaquia se sitúa en Tesalia, posiblemente porque allí
está el Olimpo, y el Otris se
convierte en cuartel general
de los Titanes simplemente
porque era la montaña principal en el lado opuesto de la llanura *(Te.* 617-719).

TITARESIO: caudillo de los lapitas
contra los centauros. El padre
de Ampix (padre del lapita
Mopso) era Titarón, epónimo
de una ciudad de Tesalia. Pero
Mopso es más probablemente

titaresio por el río Titaresio
(d. Europo) que había nacido
en el monte Titario, junto al
Olimpo *(Esc.* 181).

TITONO: cf. *Him. Afrod.* 218-38.
Raptado por Eos se convierte
en su esposo. De su unión nacen: Memnón y Ematión. Eos
le pide a Zeus que haga inmortal a Titono, pero se olvida de pedirle también la juventud eterna, por lo que al
final, como envejecía y cho-
cheaba, Eos lo transformó en
cigarra *(Te.* 984).

TOA ('rápida'): Nereida *(Te.* 245).
Oceánide *(Te.* 354).

TRACIA: región al noreste de Grecia, rica en metales, madera,
vid y cereales *(Tr.* 507).

TRACIO: epíteto de Bóreas *(Tr.*
553).

TRAQUIS: ciudad de Tesalia *(Argum. Esc.* 22; *Esc.* 353).

TRECÉN: ciudad de Argólide
(Cert. 22).

TRETO: montaña al sureste de
Nemea en el camino de Cleo-
nas a Micenas y Argos (Paus.
II, 15, 2) *(Te.* 331).

TRITOGENIA: nombre dado a
Atenea, cuyo significado es
incierto, pero quizá se deba a
que Tritón es el padre de Palas
(Te. 895; *Esc.* 197).

TRITÓN: monstruo marino, hijo
de Anfítrite y Posidón, padre de Palas. La oscura etimo-
logía de esta palabra hace que
los griegos lo pongan en relación con el lago Tritonis, en Libia, pero el Tritón original pa-

rece haber sido un dios griego del mar. El arte oriental muestra seres similares *(Te.* 931).

TROILO: compañero de viaje de Hesiodo. Seductor de la hija de Ganíctor *(Cert.* 250).

TROYA: ciudad de Asia Menor *(Cert.* 317).

TUMULTO *(Homados):* personificación *(Esc.* 55).

TYCHE ('la Fortuna'): Oceánide. Posiblemente clasificada como tal por Hesiodo porque es la deseable patrona de la juventud *(Te.* 360).

URANIA ('celestial'): Musa de la astronomía *(Te.* 78). Oceánide *(Te.* 350).

URÁNIDAS: patronímico de Crono y sus hermanos *(Te.* 486).

URANO: cielo, hijo y esposo de Gea. Especie de pálido complemento de Gea y mucho menos importante en la religión y los mitos griegos. Zeus es el real dios-cielo. Urano sólo aparece en las genealogías o en el contexto de su unión con Gea. Como elemento físico fue concebido como un sólido techo del mundo *(Te.* 45; *Te.* 127).

UREO: centauro (cf. Paus. III, 18, 16) *(Esc.* 186).

VEJEZ: personificada: hija de Noche *(Te.* 225).

YADMONIDES: antepasado en la genealogía de Homero y de Hesiodo *(Cert.* 50).

YANIRA: Oceánide *(Te.* 356).

YANTA ('violácea'): Oceánide *(Te.* 349).

YASIO: mortal que unido a Deméter es padre de Pluto (Paus. V, 7, 6) *(Od.* V, 125) *(Te.* 970).

YOLAO: hijo de Ificles, ayudante de Heracles en varias de sus hazañas, por ejemplo el combate con Cicno *(Te.* 317; *Esc.* 74, 77).

YOLCO: ciudad de Tesalia, reino de Pelías *(Te.* 997; *Esc.* 380).

ZEUS: padre de los dioses y hombres. Una vez establecido como soberano consolida su mando por una serie de siete matrimonios de los que nacerá la generación de dioses jóvenes: Metis (Atenea), Démeter (Perséfone), Letó (Apolo y Ártemis), Hera (Hebe, Ares, Ilitía), Temis (Horas: Eunomia, Dike y Eirene, y las Moiras), Eurínome (las Gracias: Aglaya, Eufrósina y Talía), Mnemósine (las nueve Musas) *(Argum. Esc.* 16; *Tr.* 2, 4; *Esc.* 22, 33...; *Te.* 11, 457, 881-1020; *Cert.* 102).

ZEUXO ('la que unce'): Oceánide *(Te.* 352).

2. TEOGONÍA: CUADRO «A»

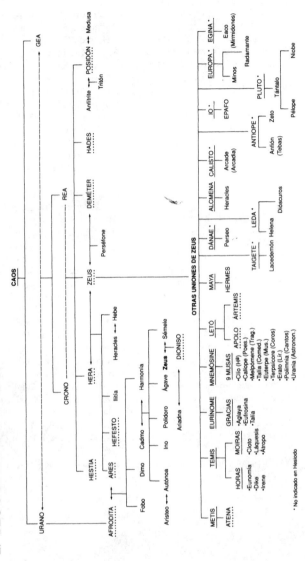

* No indicado en Hesíodo

3. TEOGONÍA: CUADRO «B»

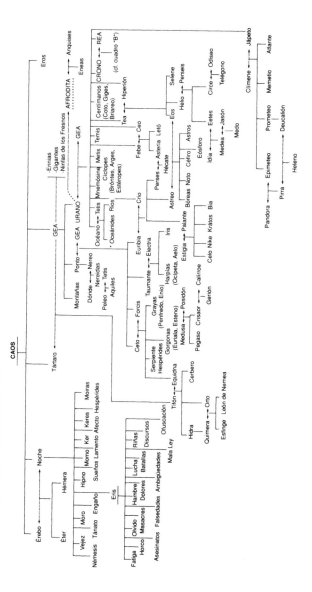

4. ESCUDO DE HERACLES

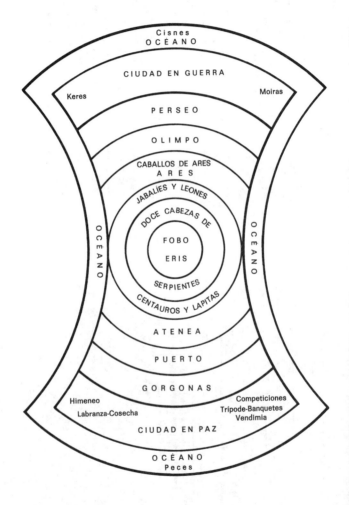

5. ESCUDO DE AQUILES (Ilíada)

6. CALENDARIO DEL AGRICULTOR SEGÚN HESIODO

Septiembre	Sirio sale principalmente en la noche.	Comienza la lluvia.	Corte de la madera.	419 ss.
Octubre	Puesta de las Pléyades.	Emigración de las grullas.	Arar.	384 ss.
Noviembre	Puesta de Orión.			448 ss.
Diciembre	Solsticio.		Última arada.	479 ss.
Enero	Leneo.			504 ss.
Febrero	Arturo sale al anochecer.	Se ven golondrinas.	Poda de las viñas.	564 ss.
Marzo				
Abril	Las Pléyades están ocultas.	Crecen las hojas de la higuera.		385 ss.
Mayo	Las Pléyades salen.		Navegación.	678 ss.
			Siega.	383 ss.
				571 ss.
Junio	Solsticio. Orión sale.		Trilla.	597 ss.
Julio	Sale Sirio.	Florece el cardo.	Beber.	582 ss.
Agosto	Etesios.		Navegación.	663 ss.
Septiembre	Arturo sale. Sirio y Orión se desplazan al sur.		Vendimia.	609 ss.

Según WEST, M. L.: *Hesiod, Works and Days*, Oxford, 1980, p. 253.

ÍNDICE